Feargal Ó Dubhghaill

CAT
a
TÍOGAIR

Leabhair COMHAR

An chéad chló 2014
© Feargal Ó Dubhghaill

Foilsithe ag *LeabhairCOMHAR*
(inphrionta de *COMHAR Teoranta*)
47 Sráid Harrington
Baile Átha Cliath 8

www.leabhaircomhar.com

ISBN 978-0-9571593-4-1

Bainisteoir tionscadail: Mícheál J. Ó Meachair
Clódóirí: Brunswick Press

Tá *LeabhairCOMHAR* faoi chomaoin ag *Foras na Gaeilge* as tacaíocht airgid a chur ar fáil le haghaidh fhoilsiú an leabhair seo.

*Leabhair*COMHAR

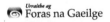

Toirbhrím an leabhar seo do mo thaisce, Majella.

I

Dé hAoine 28 Feabhra, meán lae

Tá lionsaí na gceamaraí dírithe ar Mhurchadh Ó Drónaigh. Tá an meangadh gáire greamaithe ar a aghaidh mar a bheadh seilitéip, agus tá a ghialla righin fad is a sheasann sé ina pheiriúic fhada faoi ghrian earraigh. Leantar den chliceáil. Tá na príomhnuachtáin lae i láthair, chun grianghraif a ghlacadh de agus den chúigear abhcóidí sinsearacha nua-cheaptha eile, b'fhéidir go mbeidh siad i gceann de na leathanaigh laistigh.

Is fear sách ard é Murchadh, in aois a daichead a trí, go leor gruaige ar a cheann go fóill in ainneoin an struis a bhíonn air ó am go ham. Ach níor cheart aon strus bheith ag baint le heachtraí an lae inniu. Tá ardú céime á fháil aige. Ar chéimeanna tosaigh na Cúirte Uachtaraí tá sonas agus craic ann.

Glacann a thuismitheoirí bródúla grianghraf nó dhó de. Tá lá céiliúrtha á thabhairt aige dóibh agus tá súil ag a mháthair go mbeidh lá eile mar é sar i bhfad. Feiceann sé iad ag féachaint go ceanúil ar Denise agus í ina seasamh in aice leis don cheamara, í gealgháireach mar is gnách. Mothaíonn sé a lámh ag cuimilt a róba dubh dlíodóra agus í á cur timpeall ar a choim. Tá sonas gleoite ina súile gorma agus lena gúna faiseanta, sálaí arda agus géaga fada is bean tharraingteach Denise, le cuma níos óige uirthi ná an seacht mbliana is tríocha atá curtha di aici.

Ansin seasann Denise amach chun gur féidir léi pictiúr a ghlacadh de Mhurchadh lena Mhaim agus lena Dhaid.

'Fan!' a deir sí go tobann. Leagann sí an ceamara síos agus ritheann go práinneach go Murchadh chun a bhóna a shocrú.

'Caithfidh tú do cheart a thabhairt duit féin, a chroí,' a deir sí, le meangadh gáire.

Ansin filleann sí ar an gceamara agus ullmhaíonn sí an grianghraf. Féachann an tUasal agus Bean Uí Dhrónaigh uirthi le gliondar ina gcroíthe. Ba mhaith leo go mbeadh Denise de Barra ina dteaghlach.

Agus iad ag féachaint i dtreo an cheamara, déanann Murchadh agus Denise machnamh ar an argóint a bhí acu an mhaidin chéanna. Rudaí beaga. An tSín atá uaithi. An tSeapáin an rogha atá aige siúd.

*

Dé hAoine 28 Feabhra, 7 am

'Maidin mhaith, a stór,' a deir Denise, a súile fós trom le codladh. 'Seo chugainn do lá mór.'

Níl gíog as Murchadh.

'Bóthar an tSíoda?' a deir Denise go bog.

Fanann Murchadh ina thost.

'Beidh orainn,' a deir Denise, 'd'ardú céime a cheiliúradh i gceart. Saoire oiriúnach a shocrú go luath.'

Ciúnas.

'An tSín,' a deir Denise agus í ag féachaint ar an tsíleáil. 'Smaoinigh faoi.'

'A ghrá,' a deir Murchadh ar deireadh, a cheann i bhfolach faoin mbraillín. 'Is ar éigin go bhfuilim i mo dhúiseacht go fóill.' Nuair a bhíonn sé sa leaba, b'fhearr leis codladh; ní bhíonn fonn air ceisteanna a phlé.

Dar ndóigh, beidh orthu éirí sar i bhfad. Osclaíonn sé a shúile. Agus tuigeann sé di, tá an tsaoire le plé. Ach tháinig sé sórt aniar aduaidh air nuair a mhol sí go rachaidís ar saoire sa tSín. Go dtí sin, níor léirigh ceachtar acu suim san Oirthear.

Agus cén fáth a raibh spéis á cur aici sa tSín? B'fhéidir gur bhain sé leis an tagairt a rinne sé do 'Bhóthair an tSíoda' an tráthnóna sin cúpla seachtain níos luaithe nuair a d'inis sé di go raibh glactha lena iarratas bheith ceapaithe ina abhcóide sinsearach, *taking silk* mar a deirtear. Ní raibh ann ach béarlagair dlíodóra. Nó an raibh cúis eile leis seo? Ní raibh a fhios aige, agus mar sin mhol sé go rachaidís go dtí an tSeapáin ina ionad.

D'iarr sí air tuilleadh machnaimh a dhéanamh, ag cur i gcuimhne dó go raibh téarma na féile Bríde faoi lánseol, díreach an t-am gur chóir dóibh bheith ag socrú ar conas an tSaoire Fhada samhraidh a chaitheamh.

Go deimhin, an tSaoire Fhada. An sé seachtainí draíochta sin nuair a bhíonn na cúirteanna dúnta don samhradh agus bíonn laghdú ar an mbrú. Is maith leo dul chun na Tuscáine nó go Provence, ach dhá bhliain ó shin, nuair a ceapadh Denise ina páirtnéir i ngnólacht Williams Freyne, Aturnaetha, rinneadar a gcuid ceiliúrtha sna Séiséil. Is le cabhair ó dhá mhionteagasc ramhar a íocadh as an tsaoire sin, ach a Dhia na bhfeart bhí sé tuillte aici. Ní déarfadh sé riamh é, ach gan an obair a cuireadh sise ina threo ní bheadh sé ach ag strácáil leis. Níor réitigh sé riamh leis bheith ag umhlú d'aturnaetha, ach chreid sí ann ón tús, agus chuir sí obair chuige nuair nár chuir aturnaetha eile. Agus is oibrí díograiseach é. Tá an dlí um cheadúnas deochanna meisciúla chomh spéisiúil bríomhar le coincréit lom, ach sin an tsaincheird s'aige agus a bhfuil seilbh glactha aige air. Déanann Denise maitheas do cheird Mhurchadh agus tá Murchadh go maith le cliaint Denise. Níorbh fhéidir an aon rud amháin a bheith ann gan an rud eile.

Casann Murchadh i dtreo Denise agus cuireann póg bhog ar a clár éadain. 'Ba mhaith liom codladh ar feadh deich nóiméad eile,' a deir sé.

'Tá go maith,' a deir sí. 'Táim ullamh éirí. Mbeidh ubh agat?'

*

Dé hAoine 28 Feabhra, 8.30 am

Agus bricfeasta breá ullmhaithe ag Denise, suíonn siad beirt chun boird, agus itheann ar a suaimhneas —lá ceiliúrtha ag síneadh rompu. Tá éiríthe le Denise an nuachtán a cheannach chomh maith, agus tá stracfhéachaint á thógaint acu beirt air, Denise ar na leathanaigh gnó agus Murchadh ar an eagarfhocal. Níl le cloisteáil ach *tick tock* an chloig sa halla.

'Bhuel,' a deir Murchadh ar deireadh, agus an dara cupán caife á doirteadh aige. 'Ar mhaith leat teacht ar saoire liom?'

'Ba bhreá liom!' a deir Denise.

'Céard faoin tSeapáin, mar sin?' a deir Murchadh de bheoghuth. 'Tá saibhreas ábhartha acu, ach fós tá siad compordach lena dtraidisiúin féin.'

'An rud faoin tSín,' a deir Denise, ag féachaint díreach ar Mhurchadh, 'ná gur tír na todhchaí í. Caithfimid muid féin a chur ar an eolas.'

'Sin díreach an cás i bhfabhar na Seapáine,' a deir Murchadh, ar nós dó bheith ag argóint os comhair na cúirte, a dhá lámh ag breith ar an gcupán caife. 'Leag an tSeapáin an bealach amach don tSín, agus mar sin ba cheart dúinn an tSeapáin a fheiscint sula slogann na Sínigh í.'

Déanann Denise gáire.

'An tSeapáin . . ,' a deir sí. 'Tá sí... Tá sí ar nós Manhattan le sushi. Níl iontu ach clóin de Mheiriceá. Níor mhaith liom dul ann, go raibh maith agat.'

'Ah anois,' a deir Murchadh. 'Níor cheart dúinn bheith ag caitheamh anuas ar aon áit. Molaim go bhfágfaimis an t-ábhar go dtí níos déanaí.'

2

Dé Sathairn 1 Márta, 10.15 am

Tá lá an cheiliúrtha thart, tá Murchadh anois ina abhcóide sinsearach, agus tá an bricfeasta níos déanaí ná mar a bhí inné. Ach tá an t-ábhar céanna ar an gclár.

'Rinne mé tuilleadh smaoinimh faoinár saoire,' a deir Murchadh, agus é ag cogaint a chalóga arbhair. 'B'fhearr socrú ar áit sar i bhfad, nárbh fhearr?'

'Bhuel,' a deir Denise. 'Tá sé i gceist agamsa bheith ar Bhóthar an tSíoda go luath.'

'Ehhh?' arsa Murchadh.

'Chuala tú mé,' a deir sí. 'Bóthar an tSíoda. Táim le bheith ag leanúint ar bhealach Marco Polo agus ag bogadh chun na Síne.'

'Cad in ainm Dé atá i gceist agat?' arsa Murchadh, ar nós gur chaith sí uisce ina aghaidh.

'Bhuel is dócha go bhfuil a fhios agat go bhfuil Banc Fhine Gall ina chliant tábhachtach ag Williams Freyne. Tuigfidh tú leis go bhfuil scéal mo chliaint le cosaint agam agus nach féidir liom ach an scéal ginearálta a scaoileadh leat.'

Féachann Murchadh i dtreo na síleála. Ní thuigeann sé.

'Aimsíonn an banc,' a deir sí, 'go bhfuil deiseanna ann caidreamh a mhúscailt le gnónna sa tSín, agus ar an mbunús sin tá cainteanna ar siúl maidir le cumasc a bhaint amach le banc beag i Shanghai. Iarradh orm an comhad a ghlacadh.'

'Bhuel, comhghairdeas leat,' a deir Murchadh. Níl sé in ann an ioróin ina ghuth a cheilt.

'Go raibh maith agat,' a deir Denise le fonn spraoi uirthi.

'Anois,' leanann sí léi, 'tá siad ag féachaint ar bheith in ann conradh a shíniú an bhliain seo chugainn. Ach beidh orm roinnt ama a chaitheamh thall ansin roimh ré. Aithne a chur ar na Sínigh. Tuiscint a bhaint amach orthu mar dhaoine.'

'Nach mbeidh ateangairí ar fáil daoibh?' arsa Murchadh.

'Ní leor sin,' a deir sí. 'Tuigfidh tú, mar fhear cultúrtha, go bhfuil bearna mhór ó thaobh tuisceana de idir an tIarthar agus tíortha an Oirthir. Ó thaobh staire de, ach freisin ó thaobh oidhreachta agus aigne de. An raibh a fhios agat, mar shampla, go bhfuil tuiscint an tSínigh ar an gconradh dlithiúil difriúil ón tuiscint a bheadh agam nó agat air?'

'Tuigim duit,' a deir sé, agus éiríonn le tuilleadh uisce a chur sa chiteal. Tá sé ullamh i gcomhair díospóireachta fada. 'Lean ort.'
'Mar sin,' a deir sí, ag féachaint air ag líonadh an chitil, 'tá orm dul ag foghlaim. Ba mhaith leo go gcaithfinn roinnt ama sa tír. Bheith sáite sa chultúr.'

'Ach céard fúmsa?' a deir Murchadh. Casann sé ina treo, a chroí ag preabadh.

'Céard fút?' a deir Denise, meangadh beag gáire ar a haghaidh. 'Bean shingil atá ionam. Táim saor dul.'

'Ach céard fúinne le chéile?' a deir Murchadh, agus poll mór ag oscailt ina bholg.

'Céard fúinne le chéile?' a deir Denise, in athrá ar fhocail Mhurchadh, an meangadh beag gáire fós ar a haghaidh.

'Cá seasann ár bpleananna don tSaoire Fhada?' a deir Murchadh, agus é ina sheasamh ansin, gal ag teacht ón gciteal.

'Go tréan,' a deir sí. 'Nach féidir linn saoire a thógaint sa tSín?'

'Ah,' a deir Murchadh, ag doirteadh an uisce bheirithe isteach sa gcorcán caife. 'Ah. Tuigim.'

Stopann sé agus féachann ar an gciteal folamh, ansin ar an gcorcán arís.

'Smaoineoimid faoi,' a deir sé ansin.

'Anois a stór,' a deir Denise. 'Ba bhreá liom cupán eile caife, le do thoil.'

3

Dé Céadaoin 19 Márta, tráthnóna

'Beidh mé déanach oíche Luain seo chugainn,' a deir Denise agus an dinnéar á ithe acu sa chistin.

'Tá go maith,' a deir Murchadh, ag spré ime ar phíosa aráin dhoinn. 'Féidir leat an crúiscín bainne a shíneadh chugam, le do thoil?'

'Nach bhfuil tú fiosrach cad chuige?' a fhiafraíonn Denise.

'I dtaobh cén rud?' arsa Murchadh agus é ag baint dá phíosa aráin.

'Maidir leis an méid atá ar mo chlár,' a deir sí. 'Maidir le mo phleananna do thráthnóna Luain.'

'Bhuel, is bean neamhspleách thú. Café en Seine? Oíche leis na cailíní?'

'Murchadh, a pheata. Is foireann sinn. Léirigh spéis.'

'Bím gnóthach go maith,' a deir sé, agus é ag cuimilt a bhéil lena naipcín. 'Bím gnóthach go maith i rith mo ghnáthlae oibre ag cur ceisteanna ar dhaoine.'

'Bhuel, blais seo,' a deir Denise. 'Táim le bheith i mo mhac léinn arís, ranganna Sínise —Mandairínise— á dtosnú agam. Chun an gnó seo sa tSín a dhéanamh i gceart, is gá dom dul i ngleic leis an teanga. Aithne a chur ar na Sínigh, go stairiúil, go cultúrtha agus go pearsanta fiú. Ní dea-thaithí atá ag an tSín ar mhuintir an Iarthair i gcoitinne.'

Sula dtugann sé freagra, labhraíonn sí arís.

'Tá breis is dhá oiread an uimhir de dhaoine ag labhairt Mandairínise is atá ag labhairt aon teanga eile ar domhan.'

'Bhabh!' a deir sé. 'Tá do chuid taighde déanta agat!'

Ní thugann sí aird ar bith air seo.

'Má fhoghlaimím cuid den teanga,' a deir sí, 'agus má táim in ann an cúpla focal a úsáid agus mé ag idirbheartaíocht leis an dream i Shanghai, tá gach seans go rachaidh sé ina luí go maith orthu. Léireoidh sé suim agus ómós dá gcultúr féin. Tá an sórt caidrimh sin riachtanach chun go ndéanfar gnó go tairbheach leis na Sínigh.'

'A stór,' ar seisean, 'tá tú ag labhairt amhail agus go bhfuil tú ag feachtasóireacht le bheith tofa i d'Uachtarán! Ní baol, tá mo vóta agat! Anois, an crúiscín bainne, le do thoil! Tá mo theanga dóite ag an gcaife seo!'

Féachann sí air, díomá ar a haghaidh.

'Ceart go leor,' a deir sé, a mhéar ag bualadh an bhoird go héadrom. 'Anois, abair liom, cén maitheas é cúpla focal? Níl ann ach siombalachas. Níl ansin ach bheith ag cur dallamullóg orthu.'

'Ní hea ar chor ar bith,' a deir Denise go daingean. 'Cabhraíonn sé le hiontaoibh a chruthú. B'fhéidir nach dtuigeann abhcóidí an rud sin! Bíonn sibh i ndomhain de bhur gcuid féin, ní gá daoibh caidreamh a chruthú le bhur gcliaint!'

'Dar ndóigh,' a deir Murchadh, agus é ag scig-gháire leis féin, 'ní cheadaítear dúinn. Sin dualgas an aturnae, mar is eol duit. Is don chúirt atá an dualgas agamsa!'

'Agus ní sa chúirt atá tú anois,' a deir Denise, 'agus ní gá duit bheith do mo dhiancheistiú. Táim ag caint i dtaobh caidreamh a fhorbairt le comhpháirtí i ngnó. Má dhéanaimid iarracht Sínis a fhoghlaim, léireoidh sé dos na Sínigh go bhfuilimid dáiríre i dtaobh caidreamh fadtéarmach a chur ar bun. Ní leor caidreamh lom i gcúrsaí gnó leo, sílimse gur gá caidreamh mór a bhunú le muinín asainn a mhealladh.'

Déanann Murchadh a cheann a sméideadh.

'Tuigim duit,' a deir sé. 'Agus caithfidh mé a rá, cuireann sé seo mé féin i gcuimhne dom, i mo chéad cúpla bliain ar an ollscoil agus mé ag iarraidh suirí leis an gcailín seo nó leis an gcailín siúd. Deoch a cheannach di. Ag iarraidh dea-imprisiún a thabhairt, an rud ceart a rá.'

'Agus tú ag déanamh praisí de, gan amhras!' a deir Denise go géar.

'Bhuel, níl tusa ag gearán, an bhfuil tú?' a deir Murchadh go bródúil. 'Nár éirigh liom tusa a mhealladh?'

'Ná bí chomh cinnte de sin, a dhuine uasail,' a deir Denise agus í ag braithint clamprach. 'Ná bí chomh cinnte de sin.' Éiríonn sí ón mbord.

'Seo chugat an crúiscín bainne,' a deir sí go borb. 'Seans go bhfuil do chaife fuar faoin am seo.'

Nach bhfuil sí teasaí, a deir sé leis féin. Nach bhfuil sí teasaí?

4

Dé Máirt 8 Aibreán, tráthnóna

'Fáilte romhat abhaile, a ghrá,' a deir Denise.

Cloiseann Murchadh a guth binn agus é ag oscailt doras an tí. Tá sí sa bhaile roimhe.

Teach compordach atá ann agus tá Murchadh bródúil as. Tógtha sna caogadaí, tá fallaí tiubha ann agus seomraí fairsinge. Tar éis dó é a cheannach dhá bhliain déag ó shin, cheannaigh sé gloiniú dúbailte agus d'ísligh sé sin na costais fhuinnimh. Bhíodh tionónta aige go dtí gur bhog Denise isteach leis cúig bliana ó shin. Tá sí tar éis a cuid féin a dhéanamh de agus maisiúchán an tí fheabhsaithe aici, agus tá Murchadh an-bhuíoch as.

Cuireann sé a cheann timpeall doras an tseomra suí agus féachann uirthi le meangadh gáire. Tá sí ag ligint a scíthe, í sínte amach ar an tolg, leabhar ina lámh. Ar an mbord íseal taobh léi tá a cuid nótaí Síníse.

'Cén sórt lae a bhí agat?' a fhiafraíonn sí. 'Táim féin spíonta.'

Nach é sin a stíl, a deir sé leis féin agus é ag cur a mhála cáipéise ar urlár an tseomra suí; cuireann sí ceist agus ansin tugann a freagra féin sula mbíonn aige labhairt. Tá a fhios aige gur bean ghnóthach í.

Agus díreach anois tá gach seans go bhfuil sí níos gnóthaí ná é. Níl an obair atá ag teacht chuige chomh flúirseach is a bhíodh. Tá a fhios aige go maith cad ina thaobh. Seirbhís níos daoire, níos sainiúla, atá á thairiscint aige anois agus is chuig abhcóidí sóisearacha a théann an ghnáth-obair. Ach tá an chéad téarma mar abhcóide sinsearach níos moille ná mar a bhí á cheapadh aige, agus tá an díomá tar éis baint faoi. Ach tá air bheith foighneach. Tá Suíonna na Cásca tosaithe agus beidh sé ag súil le feabhas ar chúrsaí roimh an tSaoire Cincíse.

'Cén sort lae?' a deir sé. 'Bhí sé ceart go leor. Cad é sin atá á léamh agat?'

Ardaíonn sí an leabhar chun go bhfeicfidh sé an clúdach.

Béising do Bheirt atá mar theideal air. Litreacha móra dearga ar chúlra bán.

'Tá cuireadh agat teacht liom,' a deir sí.

'Gan amhras tá cóip den Leabhar Beag Dearg agat chomh maith,' ar seisean de mheangadh gáire, agus é fós ina sheasamh.

'An Leabhar Beag Dearg?' a fhiafraíonn sí.

'An Leabhar Beag Dearg,' a deir Murchadh. 'Tá a fhios agat, leabhar an Chathaoirligh Mao, smaointe agus fealsúnachtaí dá chuid nuair a bhí sé ina cheannaire ar an tSín.'

'Ah,' a deir Denise. 'An Leabhar Beag Dearg sin. Nah. Ní dóigh liom go bhfuil sé sin uaim. Tá ré an leabhair sin thart le cianta.'

'Chuala mé,' a deir Murchadh, ag baint a chóta de, 'go bhfuil athchló á dhéanamh air.'

'Agus chuala mé,' a deir sí, 'nár Mao féin a scríobh an leabhar agus gurbh é rúnaí dá chuid agus scata daoine eile a bhreac na smaointe síos. Ní ráfla nua é seo, tá sé ann le fada. Is cuimhin liom, bhí rud sa nuacht mar gheall air agus mé i mo mhac léinn ollscoile.'

'Chomh fada sin ó shin?' a deir Murchadh de gháire.

'Gabh mo leithscéal!' a deir Denise go magúil. 'Bí go deas liom, nó beidh aistarraingt ar mo chuireadh.'

'Is cosúil go bhfuil cinneadh déanta agat cheana féin,' arsa Murchadh, é fós ina sheasamh ansin, a chóta á bhreith aige ina lámh.

Síneann sí cos amach, cos gan bróg air, agus tugann cic beag éadrom dó ar a ghlúin.

'Croch do chóta,' a deir sí. 'Agus suí síos in aice liom.'

Déanann sé.

'Is cuma sa diabhal liom faoin Leabhar Beag Dearg,' a deir sí. 'An tSín nua atá ann agus ba mhaith liom go bhfaighimid blas di. Saoire ghairid i mBéising agus sa cheantar atá ina thimpeall. Tá sé sin indéanta. Anois, a stór, mura bhfuil cúis mhaith agat gan aontú liom, molaim go ndéanfaimid é. Déanfaidh mé na socruithe cuí.'

Féachann se isteach i súile gorma a leannáin, déanann a gruaig chatach a lámháil go ceanúil. Tá sí díograiseach, nach bhfuil sí? Díograiseach agus gleoite. Glacfaidh sé lena moladh.

'Ceart go leor,' a deir sé.

'Go hiontach.' Tugann sí póg dó. 'An tSín a bheidh ann. Agus beidh lá eile ag an tSeapáin.'

5

Dé Máirt 29 Aibreán, tráthnóna

'A stór.'

Guth binn Denise, mar is gnách, agus Murchadh fillte abhaile tar éis an lae oibre. Crochann sé suas a chóta gan mhoill. Tá ocras air.

Tá Denise sa chistin, spúnóg adhmaid sa bhabhla Le Creuset.

'Cén sórt lae a bhí agat?' a fhiafraíonn sí de. An uair seo fanann sí i gcóir freagra.

'Sin boladh breá,' a deir sé. 'Sicín Bascach?'

'Díreach é,' a deir sí. 'Bhfuil tú ocrach?'

'Tá,' ar seisean.

'Bhfuil tú spíonta?' ar sise go sciobtha, í ag corraí an tsicín.

'Nílim spíonta,' a deir sé. 'Tá sé ciúin amuigh ansin.'

'Molaim duit sult a bhaint as nuair atá an deis agat,' a deir sí, ag casadh ina threo. 'Tá lánmhuinín agam asat.'

'Go raibh maith agat,' a deir sé go tapaidh. Níl fonn comhrá air díreach anois.

'Agus tá rud éigin eile agam le léim a chur ionat. Ar mhaith leat tomhais a dhéanamh?'

Déanann sé osna. 'Níor mhaith liom,' a deir sé. Ag an nóiméad seo, níl uaidh ach a chomhluadar féin.

'In ainm Chroim, tabhair buille faoi thuairim!' arsa Denise, agus fonn spraíúil spórtúil uirthi mar is gnách.

'Ehhh,' a deir Murchadh go mall. 'Cheannaigh tú péire buataisí galánta i nDún Droma. An ea?'

'Bhuel, sin tuairim,' a deir sí. 'Cén fáth nár smaoinigh mise air sin? Pé scéal, mícheart!'

'Éirím as. Tá an iliomad slí agat léim a chur ionam.'

'Ceart go leor,' a deir Denise, agus í ag cur na spúnóige adhmaid ar leataobh, an meangadh gáire is mó in Éirinn uirthi. 'Is é go bhfuil na ticéid agus víosa eagraithe!'

'Eh?' a fhiafraíonn Murchadh go lom.

'Deich lá sa tSín,' a deir sí le sonas. 'Béising. Óstán Blossom Hill. 11 go 22 Meán Fómhair. Geallaimse duit, beidh tú spíonta – ach athbheochta – nuair atá sé sin thart.'

'Bhuel,' a deir sé le meangadh dá chuid féin. 'Is dócha go bhfuil tú i ndáiríre faoin tionscnamh seo. Gan amhras rinne tú do chuid gnó trí Shínis?'

'Tabhair seans dom!' a deir sí, agus í á bhagairt go ceanúil leis an spúnóg adhmaid. 'Níl ach ceithre nó cúig rang curtha díom agam! Feicfimid an fíor-rud nuair a théimid go dtí an tír féin.'

'Ceart go leor,' a deir sé, agus é á pógadh go héadrom ar a srón . 'Tá díol maith déanta agat air. Feicfimid!'

*

Dé Domhnaigh 11 Bealtaine, tráthnóna

Earrach grianmhar tirim atá ann go dtí seo, agus in aimsir mar sin baineann Murchadh agus Denise beirt sult as am a chaitheamh sa chúlgháirdín. Is maith leo suí faoin ngrian agus a scíthe a ligint, ach bíonn Denise cúramach gan dó gréine a fháil. Tugann sí aire dá cnis. A mhalairt de scéal atá ann do Mhurchadh. Bíonn sé de shíor ag lorg dath breá gréine.

Tá raon breá bláthanna curtha ag Denise agus bíonn aire ag teastáil uathu. Tá Murchadh thar a bheith tuillteanach cabhrú léi leis seo, agus a chuid a dhéanamh leis an ngáirdín a choinneáil beo agus néata. Díreach anois tá an bheirt leannán ag falróid ar a suaimhneas.

'D'fhéadfá dul i dteagmháil le do chara úd,' a deir Denise agus í ag caitheamh a súile thar na lúipíní. 'Nach bhfuil sé i mBéising anois?

'Mo chara úd?' arsa Murchadh.

'Tá a fhios agat,' a deir Denise. 'Gearóid.'

Tá an ceart aici. Tá a fhios ag Murchadh.

'Geoff atá i gceist agat, an ea?' a fhreagraíonn sé.

'Ní hé,' a deir Denise. 'Gearóid. Do chara Gearóid. Do chara a dheachaigh ag obair leis an Roinn Gnóthaí Eachtracha.'

'Ah 'sé,' a deir Murchadh, ag piocadh suas canna spréite. 'Gearóid. Gearóid Pléimeann. An rud ná, glaonn sé Geoff air féin anois. Ceapaim gur thosaigh sé seo ar fad nuair a fuair sé an chéad mhórshannadh sin. Níl a sheoladh ríomhphoist tar éis athrú, dar ndóigh, ach iarrann sé ar gach éinne Geoff a ghlaoch air. Saghas móiréiseach, dar liomsa.'

'A stór,' a deir Denise, 'd'fhéadfadh an t-iliomad cúiseanna bheith aige. Fonn tosnú as an nua. Pé rud é, caithfimid tuiscint bheith againn ar na cinntí seo a dhéanann daoine.'

'Nílim ag rá nach bhfuil tuiscint agam air –'

'Níor réitigh an Leabharlann Dlí leis i ndáiríre, ar réitigh?' arsa Denise.

'Huh?'

'Tá a fhios agat,' arsa Denise. '– Is cuimhin liom.'

'Cad is cuimhin leat?' a fhiafraíonn Murchadh, ag casadh uaithi chun súil a chaitheamh thar na rósanna.

'D'fheicinn an bheirt agaibh le chéile,' a deir Denise, ag féachaint ina threo. 'Bheifeá-sa ag pocléimneach timpeall mar choileach francach, ag baint sult as go léir, agus bheadh seisean mar a bheadh aisteoir ar an stáitse, ní an fíordhuine a bhíodh ann.'

Cuireann Murchadh an canna spréite ar leataobh agus féachann uirthi.

'Bhuel,' a deir Murchadh. 'Bhuel, ní... Níorbh ea. An domhain sin... Níl spás ann do gach éinne. Ceapaim nach raibh a chroí ann, mar a déarfá. Ní dóigh liom go raibh an spreagadh sin, an dílseacht sin aige.'

'Dílseacht, go deimhin.' Déanann Denise athrá ar a fhocail.

'Tá a fhios agat cad atá i gceist agam,' a deir Murchadh. 'Theastaigh ó Ghearóid an domhan a fheiscint. B'fhéidir leabhair a scríobh. Is dócha nár réitigh cásanna tráchta bóithre sa Chúirt Dúiche leis.'

'An réitíonn siad leat?' a fhiosraíonn Denise.

Téann Murchadh ar a ghogaide chun fiaile stuacánach a bhaint den chré.

'Bhuel a chroí, ní dóigh liom gur gá dom dul leis sin a thuilleadh,' a deir Murchadh. 'Táim ag tagairt don rollchóstóir iomlán den chleachtadh príobháideach, an feitheamh timpeall, an neamhdhaingne, an t-aidréanailín a théann leis. Bhí Gearóid i gcónaí níos compordaí le struchtúr, le gnáthamh.'

'Geoff? Nach ceart duit Geoff a thabhairt air?' a deir Denise.

'Geoff, sin é,' a fhreagraíonn Murchadh.

'Geoff, is ionann le... ?' arsa Denise, éiginnteacht ina guth.

'Geoff, uhm, ar nós Geoff Hurst.'

'Cé?'

'Geoff Hurst,' a deir Murchadh agus é ag ligint air féin go bhfuil saineolas aige. 'An fear a fuair an tréchleas do Shasana i gcluiche ceannais Chorn Domhanda sacar i 1966.'

Feiceann sé í ag cur grainc uirthi féin, ansin ag casadh chun dul isteach. Ach is ea, is dócha go mbeadh sé go deas Gearóid a fheiscint... Is dócha!

Tarraingíonn sé an fhiaile amach, ansin piocann suas an canna spréite. Tá sé go hiontach na bláthanna a fheiscint agus iad beagnach go hiomlán faoi bhláth.

6

Dé Déardaoin 15 Bealtaine, iarnóin

Díreach i ndiaidh dó filleadh ó bheith sa chúirt, beartaíonn Murchadh ar theachtaireacht a chur chuig chéad rúnaí na hÉireann i mBéising. Isteach go dtí a oifig leis, baineann a róba de, cuireann a charn páipéir ar leataobh, agus déanann machnamh ar feadh nóiméid nó dhó. An bhfuil fonn air dul i dteagmháil le Gearóid nó nach bhfuil? Nach raibh sé ar a chlár aige tráth, ach gur chuir sé é ar an méar fhada? Caithfidh go bhfuil trí bliana imithe ó chasadar ar a chéile den uair dheireanach. B'fhéidir gur ceithre bliana atá ann anois. An gnáthrud, é de shíor i gceist acu bualadh le chéile i gcomhair pionta. Ach níor bhuail.

Déanann Murchadh an méarchlár a shá.

Haigh, a Ghearóid.

Beimid i mBéising thart ar lár mhí Mheán Fómhair, is dócha. Thóg mé an síoda i mí an Mhárta agus mar sin tá gach rud saghas nua arís agus beidh sé go maith éalú tamall. Aon tuairimí ar chad iad na rudaí is fearr le déanamh i mBéising? Súil agam gur féidir linn casadh ar a chéile.

Le dea-ghuí, Murchadh.

An beart déanta, tógann sé amach a deachtafón agus déanann deachtú ar litir chomhairle do chliant atá bunaithe in iarthar na cathrach.

*

Dé hAoine 16 Bealtaine

Is ón tSín a thagann an chéad ríomhphost maidine.

> *Murchadh, bheadh sé sin go hiontach. Agus comhghairdeas leat as ucht an crios inmheánach a shroichint.*
> *Tabhair mo dea-ghuí do Denise. Coimeád ar an eolas mé maidir le bhur bpleananna agus cuirfidh mé rud éigin le chéile anseo. Beannachtaí, Geoff.*

An tráthnóna sin, agus Murchadh agus Denise ina suí chun béile sa bhaile, deir Murchadh léi faoin teachtaireacht ó Ghearóid.

'Caithfidh gur fhreagair sé mé ar an toirt,' a deir Murchadh. 'Fiú agus an difríocht ama tógtha san áireamh againn, ní rabhas ag súil le go gcloisfinn uaidh chomh tapaidh sin. Tá a fhios agat, bíonn daoine gnóthach agus gach rud.'

'Bhuel,' a deir Denise, agus caife Colómach á dhoirteadh aici dó, 'thug sé an tosaíocht duit. An-suntasach. Is dócha nach gach lá a chloiseann sé go bhfuil seanchomrádaí ó bhaile le bualadh isteach chuige.'

'Go deimhin,' arsa Murchadh. 'Déarfainn go n-éiríonn an saol saghas uaigneach thall ansin. In áit mhór i bhfad i gcéin le cultúr ar fad difriúil. Agus do fhear nár phós riamh.'

Stopann Denise ag doirteadh amach an caife agus, go cúramach, fágann sí síos an síothlán ar an mbord.

'Agus céard fútsa?,' a deir sí. 'Níor phós tú ach an oiread.'

'Ah, Denise a ghrá,' a deir sé. 'Tá a fhios agat cad atá i gceist agam.'

'Conas gur féidir leat bheith cinnte?' a deir sí. 'Tá gach seans go bhfuil an-chraic á bhaint ag Gearóid as an saol, i morchathair domhanda, gan dabht tá pobal beoga d'easaoránaigh, alán le déanamh in áit chorraitheach. Agus cá bhfios duit nach bhfuil cailín aige? Tá gach seans ann go bhfuil an chuid is fearr ag an mbuachaill sin. Nach gceapann tú?'

*

Dé Déardaoin, 12 Meitheamh

Póg bhog fhada atá ann. Go mall, baineann Murchadh a bheola ón bpacáiste gleoite, agus féachann go ceanúil ar an mbeart mór de pháipéir, curtha le chéile go néata faoi cheangal fáinneach, agus pacálta i gclúdach donn le cruit na hÉireann air.

Mionteagasc stáit atá ann, tagtha chuige sa phost. Ní raibh mórán acu siúd aige riamh. Comhairle á lorg ag an Aire Comhshaoil maidir leis an casino do Shord. Tuairim ó shaineolaí aitheanta ag teastáil. Agus is é Murchadh Ó Drónaigh, Abhcóide Sinsearach, a roghnaigh an tArd-Aighne le comhairle a thabhairt. Cuimlíonn Murchadh a mhéaranna go réidh ar na párpháipéar. Tús maith atá ann ar Théarma na Trionóide. Tosóidh Murchadh ag obair ar na páipéir an lá dar gcionn.

7

Luain 7 Iúil, meán-oíche

Casann Murchadh sa leaba, síneann a lámh amach ach tá spás san áit ina mbíonn Denise de ghnáth. Tá a fhios go maith aige cén fáth. Tá oíche dhéanach á glacadh aici, í amuigh ag ceiliúradh leis an rang Sínise agus deireadh an téarma sroichte acu. Bheartaigh sé féin ar dul a luí go luath, ach níl an codladh ag teacht chuige.

Ansin cloiseann sé an doras tosaigh ag oscailt. Tá Denise fillte. Tá sé ag ceapadh go mbeidh sí meadhránach ach níl, í ag tógaint na céimeanna go ciúin, agus í ag teacht aníos an staighre.

'Fáilte romhat,' a deir sé, ar theacht isteach sa seomra di.

'Tú i do dhúiseacht?' a fhiafraíonn Denise.

'Nílim,' a deir sé de gháire. 'Nílim ach ag ligint orm!'

'Stop é sin!' ar sí go magúil leis, agus síneann chuige agus tugann póg dó ar a chlár éadain. Ansin suíonn sí síos ar a taobh féin den leaba chun déanamh réidh le dul a luí.

'Conas a bhí d'oíche?' a fhiafraíonn sé.

'Thar cinn ar fad,' a deir sí le sásamh. 'Dream maith. Craic agus caint.'

'Trí Shínis, gan amhras.'

'Tabhair seans dúinn. Nílimid ach ag foghlaim!'

'Nach bhfuil na ranganna ar siúl agaibh le míonna fada anois?' a deir sé go cleithmhagúil. 'Agus déanann sibh ceiliúradh trí Bhéarla?'

'Bhuel, bhfuil a fhios agat?' a deir sí le gáire. 'Seo an chéad uair gur léirigh tú aon suim i mo ranganna Sínise. Anois táim chun dul i mo luí, tá lá oibre romham amárach.'

Agus isteach léi go dtí an seomra folctha.

'Tá go maith,' a deir Murchadh, é ag ardú a ghutha. 'Má tá aon obair agat gur féidir leat í a sheoladh i mo threo, beidh fáilte roimpi.'

Labhraíonn Murchadh de mhagadh, ach an fhírinne ná nach bhfuil sé i dtaithí ar a ghradam nua go fóill. Níl gach lá cosúil leis an 12 Meitheamh. Airíonn sé uaidh na cásanna níos lú, cásanna den saghas sin a thug Denise dó tráth. Tuigeann sé, dar ndóigh, go bhfuil ról ró-ard aige le bheith ag gabháil dóibh siúd anois. Tá air iad a fhágáil ina dhiaidh.

'Faraor, a chroí,' a deir Denise ón seomra folctha, 'tá tú róchostasach anois.'

'Dhera!' a deir Murchadh, 'tabhair briseadh dom, in ainm Dé!'

Ach is fíor é, agus go deimhin, baineann sé sult as an ardú céime, an urraim bhreise a thugtar do abhcóidí den ghradam sinsir. Ach cuireann sé sórt scanradh air chomh maith. Agus tá a fhios aige gur i mí Dheireadh Fómhair, i dTéarma na féile Mhichíl, bliain nua na Cúirte, a bheidh an fíordhúshlán. Ach tá sé go róluath smaoineamh air sin anois.

*

Dé Céadaoin, 23 Iúil

Tráthnóna breá atá ann, grian shamhraidh ag taitneamh ar an scata maith daoine atá ag spaisteoireacht ar phiara Dhún Laoghaire. Lánúin óga, lánúin aosta, daoine aonaracha, grúpaí, daoine le madraí, lánúin le madraí, madraí aonaracha. Tá sé ar nós go bhfuil an saol ar fad anseo cois farraige agus ar a shuaimhneas. Agus iad ar a siúlóid, tá na méara ar lámh deas Denise ag imirt leis na méara ar lámh clé Mhurchadh.

'Mheas tú riamh,' a deir Denise, 'go bhfuil cuma an oirthir ar an radharc sin thall?'

Stopann siad beirt agus aimsíonn Denise lena lámh chlé i dtreo Chladaigh an Daichead Troigh agus Cnoc Chill Iníon Léinín, soilse boga le feiscint anseo is ansiúd.

'Tá cuma Bhaile Átha Cliath theas air,' a deir Murchadh.

'Ach na crainn agus na tithe,' arsa Denise, 'iad bailithe le chéile i dtreo na farraige. Cuireann sé an India nó an Téalainn i gcuimhne dom.'

'Bhuel, ní bheadh tuairim agamsa faoi sin,' a deir Murchadh. Níl na háiteanna sin feicthe aige agus tá a fhios sin ag Denise. Nuair a chasadar ar a chéile ar dtús labhródh sí go minic ar a laethanta, agus í ina mac léinn, ar saoire an mhála droma in oirdheisceart na hÁise. Agus é siúd ina mhac léinn ní bhíodh sé riamh níos faide i gcéin ná Londain, nuair a bhí sé ann le post samhraidh a dhéanamh.

'Nach iontach an saol atá amuigh ansin,' a deir Denise.

'Nach bhfuil sé sách maith anseo freisin?' a deir Murchadh.

'Dá mbeadh an aimsir againn,' a deir Denise.

'Is féidir linn bheith dian orainn féin. Ní bhíonn orainn bheith ag strácáil le cioclóin, crith talún, gorta, bolcáin, triomach.'

'Nach tusa an fear críonna?' a deir Denise, agus í ag ardú lámh Mhurchadh le í a phógadh. 'Cá mbeinn gan tú?'

'Le do mhála droma san India nó sa Téalainn,' a deir Murchadh, agus déanann siad beirt gáire.

8

Dé Déardaoin, 11 Meán Fómhair

Níl ach spéir liath smúitiúil le feiscint tríd an bhfuinneog ag suíochán 36K fad is a dhéanann an t-eitleán tuirlingt réidh i dtreo aerfort idirnáisiúnta Bhéising.

'Is dócha gurb é an truailliú go léir ba chúis leis an smúit, nach gceapann tú?' a deir Murchadh i suíochán 36J. Féachann seisean agus Denise ar an radharc amuigh. Diaidh ar ndiaidh, nochtaítear príomhchathair na Síne dóibh faoi bhun na scamall.

Tá Denise ag diúladh go fíochmhar ar mhionta agus is cosúil nach gcloiseann sí an rud a deir Murchadh. Ní am maith é do bheith ag caint.

Sroicheann an t-eitleán an rúidbhealach agus, le crith, tagann sé go stad. Tosaíonn scata de dhaoine gar do thosach an eitleáin ag bualadh bos. Casann Denise go Murchadh, fáisceann sí a lámh agus cuireann a beola go bog ar a leiceann.

'Póg bheag Shíneach!' a deir sí de chogar. 'Fáilte go Béising!'

'Go raibh maith agat,' a fhreagraíonn sé. 'An chathair de naoi milliún rothar.'

'Ní leor sin,' a deir sí, ag oscailt a crios sábhála. 'Beidh orainn ceann a roinnt. Beidh tú in ann mé a thógaint ar do chrosbharra isteach go dtí an Chathair Thoirmiscthe.'

'Naoi milliún rothar i mBéising,' a deir sé arís, é ag oscailt a chrios sábhála féin agus ag tosú ar dhranntán ceoil a dhéanamh.

'Ah, go deimhin,' a deir sí, ag cuimhneamh gur amhrán atá ann.

'Tháinig sé díreach isteach i mo cheann,' a deir sé, agus é ag seasamh isteach, greim aige ar a bhagáiste láimhe, ag ligint do dhuine dul thart ar an bpasáiste. 'Nach gleoite an guth atá ag Katie Melua?'

'Nach í Norah Jones a chanann an t-amhrán sin?' a deir Denise, ag piocadh suas a mála.

'Ní hí,' arsa Murchadh. 'Katie Melua a chanann é.'

'Nó Alison Krauss?', a fhiafraíonn Denise go diabhalta.

'Katie Melua.'

'Diana Krall?'
'Katie Melua.'

'Alicia Keys?'

Ní deir Murchadh faic an uair seo, ach tagann meangadh gáire air.

'Seo linn,' a deir sé léi. Déanann sé cinnte de go bhfuil a málaí acu agus ligeann sé di siúl roimhe agus iad ag tuirlingt den eitleán.

Láithreach bonn buailtear iad le haer te na cathrach, agus boladh nach bhféadfaí cur síos a dhéanamh air. Boladh tobac? Boladh bláthanna? Meascán den dá rud?

'In ainm Chroim,' a deir Murchadh.

'In ainm Chroim,' a deir Denise freisin, agus iad ag siúl ar aghaidh. 'Beidh orainn dul i dtaithí air seo. Tá sé ró-dhéanach dúinn dul ar ais isteach san eitleán anois!'

*

Agus na foirmeáltachtaí aerfoirt idir lámha acu, déanann Denise iarracht a cuid Sínise a chleachtadh. Ach níl sí á spreagadh ag na feidhmeannaigh slándála éagsúla. Déanann fear amháin meangadh beag ach labhraíonn sé léi as Béarla. Croitheann an bhean ag deasc na bpasanna a ceann agus diúltaíonn freagra a thabhairt.

'Ní hé seo an t-am,' a deir Murchadh le Denise. 'Tá na daoine seo ró-ghnóthach.'

Ní dhéanann Denise ach a guaillí a chroitheadh. Bailíonn siad a málaí.

Agus na foirmeáltachtaí curtha díbh acu, tógann luasbhus iad go hóstán Blossom Hill, i gceantar Dongcheng. Agus iad ar a slí, féachann siad amach ar ghréasán de fhoirgnimh, idir mhór agus bheag, idir nua agus traidisiúnta, agus blúiríní glasa anseo is ansiúd.

An chéad rud a ritheann le Denise nuair a shroicheann siad an t-óstán ná gur trua faoi dhearadh na leacán bán timpeall ar an deasc fáiltithe thíos staighre. Ach tá na coinnleoirí go deas agus tá an fhoireann go cneasta. Baineann siad sult as iarrachtaí Denise a cuid Sínise a labhairt, agus éisteann léi le foighne.

Cuireann an póirtéir a málaí ar thrucail, agus imíonn sé leis go seomra 127. Sula leanann siad é, tógann Denise dhá chárta eolais de chuid an óstáin ón deasc fáiltithe, cuireann ceann amháin ina mála láimhe agus tugann an ceann eile do Mhurchadh.

Sroicheann siad seomra 127 agus gabhann Denise buíochas Sínise leis an bpóirtéir. Déanann sé meangadh mór gáire agus a cheann faoi.

'Bhuel,' a deir Murchadh le Denise. 'Chuaigh do chuid Sínise i bhfeidhm air siúd!'

'Ceapaim gur an dollar a bhrúigh mé isteach ina lámh a chuaigh i bhfeidhm air,' a deir Denise.

'Níl an fhoghraíocht i gceart agam go fóill,' a deir sí ansin, le hosna. Osclaíonn sí a mála, tógann amach a frásleabhar, agus luíonn síos ar an leaba.

Tá sé eagraithe acu le Gearóid go gcuirfidh siad scéal chuige chomh luath is atá siad ina lóistín. Cuireann Murchadh téacs chuige.

Tagann an freagra gan mhoill.

'Go breá a Mhurchaidh. Fáilte romhaibh beirt. Táim ag tnúth le sibh a fheiscint. Céard faoi teacht le chéile i gcóir dí oíche Sathairn? B'fhéidir 9 a chlog in óstán an Jade Palace? Níl sé i bhfad ó óstán Blossom Hill.'

Tar éis focal tapaidh le Denise, freagraíonn Murchadh: *'Tá go maith.'*

Ag an am céanna, tá sceideal snasta de thurais lae eagraithe ag a n-óstán dóibh. Feicfidh siad an Chathair Thoirmiscthe, droichead Marco Polo, Cearnóg Tiananmen, Iarsmalann Peking Man agus láthair na gCluichí Oilimpeacha. Ansin, ar a gclár don Domhnach, beidh cuairt ar an mBalla Mór. Ach tá siad ag súil freisin le bualadh le Gearóid, bualadh le duine a bhfuil aithne acu air, duine le canúint Éireannach. Beidh sé seo mar bhriseadh ó na sceidil eagraithe. Ba mhaith le Murchadh labhairt leis i dtaobh áiteanna mar Xian agus Shanghai, agus ábhair mar an ionsaí ar Nanjing agus, ní gá a rá, an Leabhar Beag Dearg sin. Tá Denise fiosrach i dtaobh conas mar atá sé d'Éireannaigh atá ag cur fúthu sa tSín.

9

Dé Sathairn, 13 Meán Fómhair, tráthnóna

Beár slachtmhar atá ann in óstán an Jade Palace. Dar le Murchadh, tá an cuma air de bheár a d'fheicfí i Londain nó Nua-Eabhrac. A mhalairt de thuairim atá ag Denise; tugann sí an tsíleáil íseal faoi deara, na bíomaí snasta agus seilfeanna ar a bhfuil réimse leathan todóg pacáilte go néata.

Ansin feiceann siad Gearóid, agus aithníonn an triúr a chéile láithreach. Tá an cuma ar Ghearóid nach bhfuil sé puinn níos sine ná mar a bhí na cianta cairbreacha ó shin nuair a chonaiceadar an uair dheireanach é. B'fhéidir beagán níos loime ar bhior a chinn, ach leis an meangadh mór gháire d'fhear atá ar a shuaimhneas.

'Ah,' a deir Denise de chleithmhagadh. 'An t-ealaíontóir ar a nglaotaí Gearóid tráth.'

'*Enchanté*,' a deir Gearóid, le magadh ar bhéarlagair dioplomatiúil, agus é ag pógadh lámh Denise go spraíúil. Freagraíonn sí é le feacadh bréagach dá glún.

'Agus muid ag gabháil do chúrsaí prótacal,' a deir sí ansin, 'b'fhéidir go ndéarfá linn cén t-ainm a ghlaoimid ort.'

'Is féidir pé ainm gur mian libh a úsáid. Dáiríre, déanfaidh an t-ainm 'Gearóid' cúis. Nílim ag ceapadh go bhfuil mo cháirde chun tosú le ainm eile a úsáid i bhfaitheadh na súl. Ní rud mór é i ndáiríre.'

'Murar rud mór é,' a deir Denise, 'cad chuige gur athraigh tú do ainm?'

Tagann cuil ar Mhurchadh. Cén fáth go mbíonn uirthi bheith chomh sotalach sin? Agus i gcónaí. Ní stopann sí riamh.

'Bhuel bhuel,' a deir Gearóid le gáire. 'Tá sé dochreidte cé chomh hannamh is a chuirtear an cheist sin orm. Ní raibh ann ach gur theastaigh uaim tús nua a dhéanamh. Mé féin a athcheapadh beagán. Tá a shlí féin ag gach duine. B'shin mo shlí. Is maith an rud é an t-athrú, an t-athnuachan, do roinnt daoine. Ach – go leor fúmsa. Conas atá cúrsaí libhse? Cén sórt lae a bhí agaibh? Cá ndeachaigh sibh?'

Agus déanann siad a gcuid cainte go cáirdiúil, an triúr acu ag baint sult as athchuimhne ar amanta thart. Tá an bheirt chuairteoir fiosrach faoina gcara. Ach tá sé siúd fiosrach chomh maith.

'Conas atá ag éirí le Éire?' a fhiafraíonn Gearóid.

Tá a fhios go maith ag an triúr acu.

'Tá ár ndícheall á ndéanamh againn,' a deir Murchadh.

'Cuir ceist ar na Gearmánaigh!' a deir Denise, de gháire.

Féachann Murchadh uirthi. Ní bheadh sí riamh ina taidhleoir.

'B'fhéidir gur ag na Sínigh a bheidh an freagra,' a deir Gearóid.

'Táim cinnte de sin,' a deir Denise, de phreab. Féachann an bheirt eile uirthi. 'Táim chomh fiosrach faoin tír seo!'

'Caithfidh gur am suimiúil é duit,' a deir Murchadh le Gearóid. 'Ní raibh sa Tíogar Ceilteach ach ceap magaidh. Tíogar ceart atá agaibh anseo.'

'Cén sórt saoil é atá agat?' a fhiafraíonn Denise.

'Is féidir leis bheith gnóthach,' arsa Gearóid. 'Mar shampla, má tá misin trádála ón mbaile, is minic gur mise an fear ceangal leis an rialtas anseo. Bíonn laethanta mar sin go han-fhada. Agus caithfidh mé a rá go n-oibríonn siad go dochreidte dian. Tá siad spreagtha. Bím féin gafa leis chomh maith.'

'Is dócha, mar sin, go gcuireann sé an Leabharlann Dlí i gcuimhne duit,' a deir Murchadh.

'Ó am go ham,' arsa Gearóid le gáire, agus é ag casadh timpeall le tuilleadh deochanna a lorg ón bhfreastalaí.

'Dar ndóigh,' a deir Gearóid, 'uaireanta caithim an lá ar fad ag caint ar son na hÉireann, mar a déarfá, agus éirím tuirseach d'fhuaim mo ghutha féin. Agus deirimse libh, ní drochrud é éalú ón rud ar fad, isteach sa bhaile mór, bualadh leis an dream aitiúil. Is féidir le saol an taidhleora bheith tirim, foirmeálta, tá a fhios agat, agus níl aon rud gur fearr liom ná éalú go beár snagcheoil nó áit mar sin. B'fhéidir nach raibh a fhios agaibh, ach tá snagcheol den scoth i mBéising agus ragcheol iontach freisin. Bíonn sé ar nós bheith in New Orleans!'

Gabhann Denise a leithscéal agus téann sí go seomra na mban. Ansin leagann Murchadh dorn cáirdiúil ar ghualainn Ghearóid.

'Anois a chomrádaí,' a deir Murchadh. 'Go dtí an pointe. Conas atá an chraic leat, i ndáiríre? Tá a fhios agat, *les femmes*? Fear mór-le-rá mar thú, déarfainn go bhfuil siad ag baint na sála dá chéile sa tóir ort. Aon duine ar bhacán do láimhe leat?'

'Nah,' a deir Gearóid le croitheadh tapa láimhe leis. 'Bhíos ag siúl amach leis an gcailín seo ón Rómáin. Ach aistríodh go Mainile í. Sárú iomlán ar an prótacal cuí. Is féidir a rá, mar sin, go bhfuilim cad a déarfá - idir tascanna faoi láthair.'

'Is dócha nach bhfuil sé leadránach, ar a laghad,' a deir Murchadh.

'Is féidir leis bheith suimiúil,' a deir Gearóid.

'Agus ní bheadh a fhios agat cé a bheadh ann ar chasadh an choirnéil duit.'

'Go deimhin,' a deir Gearóid go gearr.

Filleann Denise agus piocann sí suas a gloine. Casann sí i dtreo Ghearóid.

'Tá an tSín ag athrú, déarfainn?' a fhiafraíonn sí.

'Bí cinnte go bhfuil,' a fhreagraíonn Gearóid. Leis sin, tagann an freastalaí le tuilleadh deochanna agus tugann Gearóid nóta snoite bainc dó.

Ansin leanann Gearóid leis an gcaint. 'Ach,' a deir sé, 'tá meas mór ag na Sínigh chomh maith ar na nithe atá acu. Agus tá sé sin go réasúnta freisin.'

'Ach nach n-aithníonn siad,' a deir Murchadh, 'go bhfuil an domhain ag féachaint orthu? Tá a fhios agat, scéal na gcearta daonna.'

'Gan aon amhras,' a deir Gearóid. 'Ach an tslí a bhféachann siad air, tá 1.3 billiún duine acu le cothú, agus tá orthu an tionscnamh sin a choinneáil chun cinn. B'fhéidir gur rud iomarcach é an daonlathas nuair gur mhaith leat a chinntiú go bhfuil go leor uisce reatha ag gach aon duine agus díon os a gcionn.'

Díríonn Murchadh de phreab.

'Ach cén maitheas é?' a deir sé. 'Cén maitheas é uisce reatha bheith agat agus díon bheith os do chionn murar féidir leat do smaointe a nochtadh?'

'Má tá tú i do fheirmeoir in áit mar Sichuan, ag maireachtaint ar do chaolchuid,' a deir Gearóid, 'na rudaí gur mór duit ná bia agus foscadh. Geallaimse duit, ní bheidh d'ardán cainte á lorg agat. Féach ar an India. Tír atá daonlathach, agus anordúil. Tá fíorbhochtanas agus dearóile ann.'

'Agus tá tú á rá linn gur Cumannachas an freagra?' a deir Denise.

'Ní hé,' a deir Gearóid. 'Ní hé sin atá á rá agam. Sílim go bhfuil cúrsaí chun athrú, ach caithfimid an rud seo, an t-amchlár, a fhágáil leis na Sínigh. Más mian liom gnó a dhéanamh le mo chomhchéimí Síneach, ní dhéanaim mo mhéar a bhagairt air. Ar aon nós ní féidir linn aon tionchar a ghlacadh thar dhaoine mura dtuigimid a meon. Aithnítear an rud sin sa jab atá agamsa.'

'Gearóid, a dhuine chóir,' a deir Murchadh d'osna, 'ceapaim go bhfuil dúchas nua ag imirt tionchar ort!'

'Nílim!' a deir Gearóid de mheangadh gáire. 'Nílim in aon chor. Ach ceapaim go cinnte gur féidir linn bheith sáite ionainn féin sa bhaile ar an seanfhód. In ainm Dé tá orainn sinne féin a chur in ord chomh maith.'

'Go deimhin,' a deir Denise. 'Agus ní droch-áit í seo le tús a chur leis sin.'

'Ceart go leor,' a deir Gearóid. 'Is féidir linn filleadh ar an gcomhrá seo ar ball. Anois, tabhair cúpla nóiméad dom, le bhur dtoil.'

Seasann sé suas agus tarraingíonn bosca beag airgid as póca a sheaicéid.

'Spárálfaidh mé sibh,' a deir sé. Féachann siad air go ceisteach. Osclaíonn sé an bosca beag airgid agus taispeánann dóibh cad atá istigh ann. Tobac.

Amach le Gearóid ansin. Casann Denise go Murchadh.

'An rud nua é seo?' a fhiafraíonn sí.

'An rud nua é – cad é?'

'Go gcaitheann Gearóid tobac.'

'Mmm... B'fhéidir. Ní chuimhin liom, i ndáiríre.'

'Rachaidh mé amach chuige,' a deir sí. 'Ní féidir linn é a fhágáil amuigh ina aonar agus muid ar ár sáimhín só istigh anseo.'

'Bhuel, a rogha atá ann,' arsa Murchadh agus é ag croitheadh a ghuaillí.

'Táim ag dul amach chuige,' arsa Denise.

'Táim chun dul leat,' arsa Murchadh. 'Is féidir leis an triúr againn an t-eachtra a roinnt.'

Fágann Denise a deoch agus amach léi. Leanann Murchadh.

'Ah anois, a chairde,' a deir Gearóid. 'Níor mhaith liom sibh a thógaint amach as bhur gcompord.'

'Ní raibh a fhios agam,' a deir Murchadh, 'go bhfuil an dímheas céanna tagtha ar thobac anseo is atá sa bhaile.'

'Bhuel,' a deir Gearóid, 'bhí an tSín faoi bhrú ón Eagraíocht Dhomhanda Sláinte cosc a chur ar tobac a chaitheamh in áiteanna poiblí, cosúil le mar atá ar fud an domhain anois. Ach i ndáiríre níltear díograiseach an cosc a chur i bhfeidhm. Braitheann an rialtas anseo an iomarca ar chánacha tobac sa chéad áit.'

'Dar ndóigh,' a deir Gearóid arís, agus é ag cur méar thar a bheola, 'níor chuala sibh na rudaí sin ag teacht uaim. Táim i bhfad róbhéasach. Agus ar aon nós, mar ionadaí na hÉireann i mBéising, tá orm bheith críonna, agus géilleadh do's na rialacha.'

Casann Murchadh a cheann agus féachann ar ais isteach sa bheár. D'fhág sé gloine mór beorach ann.

'A stór,' a deir Denise leis, 'ar mhaith leat dul ar ais isteach agus aire a thabhairt do's na deochanna?'

'Nó is féidir libh bhur deochanna a thógaint amach libh,' a deir Gearóid. 'Ar aon nós beidh an toitín seo críochnaithe agam laistigh de cúpla nóiméad.'

Isteach le Murchadh agus tagann sé ar ais amach lena ndeochanna.

'Anois,' a deir Gearóid. 'Abair liom arís, cad atá ar bhur gclár don lá amárach?'

'Cuairt ar an mBalla Mór,' a deir Murchadh.

'Ah sea,' a deir Gearóid de mheangadh gáire, 'is mór an Balla é, bí cinnte. Ach seachain na blúiríní olla. Beidh na blúiríní ar thaobh eile an Bhalla, dar ndóigh.'

'Eh? Ní thuigim,' a deir Murchadh.

'Nach bhfuil a fhios agaibh?' a deir Gearóid, agus fáinne deataigh á shéideadh aige óna bhéal, 'an fhírinne ar cén fáth gur tógadh an Balla?'

'Eh?' a fhiafraíonn Murchadh.

'Chun caoirigh ón Mongóil a choimeád amach ón tSín!' a deir Gearóid.

Tá ciúnas ann ar feadh nóiméid.

'Gabh mo leithscéal?' a deir Murchadh.

'Creid nó ná creid,' a deir Gearóid, é ag féachaint i dtreo na spéire, fáinne eile deataigh á shéideadh aige.

Ansin féachann Denise ar Ghearóid agus déanann sí gáire beag. Ansin déanann sí gáire níos mó. Agus leanann sí uirthi. Tagann meangadh gáire ar Mhurchadh freisin ach titeann an meangadh as a aghaidh mar níl Denise in ann stopadh, í sna tríthí. 'Caoirigh ón Mongóil!' a deir sí, a lámha ar a taobhanna agus í i mbaol titim as a seasamh leis an ngáire. 'Tá sé sin go hiontach!'

'Whisht, a ghrá, tóg bog é,' a deir Murchadh, ag cur lámh ar a gualainn.

'Na mílte míle de Bhalla,' a deir Denise, í ag bualadh gualainn Ghearóid go spraíúil, 'na mílte míle de Bhalla, agus gan aon chuspóir ach caoirigh a chosc!'

'Ah anois,' a deir Gearóid, an toitín críochnaithe aige, é ag féachaint orthu beirt. 'Ní rabhas ach ag magadh.'

'Tá a fhios sin agam,' a deir Denise, í ag crith go bog, 'ach tá sé chomh greannmhar! Nuair a smaoinítear...'

Agus pléascann sí arís. Tógann Murchadh cúpla slog dá ghloine beorach.

'Ceart go leor,' a deir Gearóid. 'Isteach linn.'

Agus iad ar ais sa bheár, labhraíonn sé arís.

'B'fhéidir gur chóir dom ligint libh bhur rogha a dhéanamh anocht. Beidh lá fada agaibh amárach.'

Casann Denise go Murchadh. 'Táimsa togha,' a deir sí, í ag casadh ar ais i dtreo Ghearóid, 'agus ba bhreá liom tuilleadh a chloisteáil faoin saol atá acu anseo sa tSín. Mura bhfuil deifir ort...'

'Uhm,' a deir Gearóid. 'Níl. Níl go fóill.'

'Ach a stór,' a deir Denise, í ag casadh go Murchadh arís, 'má tá tuirse ortsa, ní gá duit fanacht orm.'

'Bhuel,' a deir Murchadh, ag féachaint ar Ghearóid, ansin ar Denise, 'oíche Shathairn atá ann. Gach seans go bhfuil a chlár féin ag Gearóid.'

'Ná bí buartha,' a deir Gearóid leo beirt. 'Tá go leor ama agam fanacht tamaillín eile.'

'Tá go maith,' a deir Murchadh. 'Mbeidh deoch eile ag gach duine?'

'An rud céanna domsa, le do thoil,' a deir Gearóid.

'G agus T, a stór,' a deir Denise.

'Agus tú tar éis bheith ag ól fíona go dtí anois?' arsa Murchadh.

'Táim ar saoire, in ainm Chroim,' arsa Denise.

*

Tá sé beagnach a haon a chlog ar maidin faoin am go bhfágann siad slán le Gearóid.

'Aon mholadh agat dúinn agus muid ag tabhairt cuairte ar an mBalla amárach?' a fhiafraíonn Murchadh.

'Tógaigí bhur gcótaí libh,' a deir Gearóid. 'Bíonn sé i bhfad níos fuaire ar an mBalla ná mar atá sé i mBéising. Ceart go leor... B'fhéidir go labhróimid tráthnóna Luain? Beidh suim agam cloisteáil faoi gach rud.'

10

Dé Domhnaigh, 14 Meán Fómhair

Tús luath atá ann ar mhaidin bhreá grianmhar. Turas 80 chiliméadar atá ann go Badaling, an chuid den Bhalla a bhfuil an t-éileamh is mó air i measc turasóirí. Fágann an bus óstán Blossom Hill ag a seacht a chlog. Tá Murchadh agus Denise in am, agus tógann siad a suíocháin, ach is léir nach bhfuil Denise ar bharr a spride.

'Ní thuigim,' a deir sí, 'cén fáth go bhfuil ar gach rud tosú chomh moch. Táim marbh le tuirse.'

'Ceapaim toisc gurb é an deireadh seachtaine atá ann,' arsa Murchadh. 'De réir dealraimh bíonn an Balla Mór plódaithe le cuairteoirí ag an deireadh seachtaine, agus is gá na sluaite a sheachaint. Faraor, beidh orainn an Balla Mór a roinnt le daoine eile.'

Tá an bus lán go doras, ach compordach mar sin féin. In aice leis an tiománaí suíonn fear beag i gculaith dorcha le micreafón. Is é treoraí an lae. I gcaitheamh an turais, tugann sé cur síos líofa, i mBéarla agus i nGearmáinis, ar scéal an Bhalla Mhóir. Luann sé go bhfuil an Balla 8851 chiliméadar ar fad. 8851 chiliméadar! Deir sé gur ceithre bhalla atá ann, i ndáiríre, gur tógadh an chéad cheann i rith Ríshliocht Qin, idir 227 agus 201 BC, d'fhonn an tSín a chosaint ó ionsaithe ón Mongóil. Deir sé gur críochnaíodh é i rith Ríshliocht Ming, a lean go dtí 1644. Faoin am sin, a deir an treoraí, bhí meath tagtha ar an mbagairt ón Mongóil agus ní raibh aon ghá ann leanúint den Bhalla a chaomhnú. San iomlán, bhí baint ag suas go trí mhilliún duine leis an tógáil. Trí mhilliún duine!

Éisteann Murchadh go béasach agus *Béising do Bheirt* leagtha aige ar a ghlúna. Ach ní chloiseann Denise faic, mar tá sí amach is amach ina codladh. Tá fonn ar Mhurchadh caint léi ach beartaíonn sé gan í a dhúiseacht go dtí gur gá. Idir an dá linn leanann an treoraí leis ag cur síos ar eachtraí éagsúla a bhaineann leis an mBalla, agus admhaíonn sé, le díomá, nach bhfuil fírinne sna ráflaí faoin Balla a bheith infheicthe ón nGealach.

Ó am go ham caitheann Murchadh súil ar an tírdhreach lasmuigh, ach níl mórán le feiscint go luath ar maidin. Tá smaointe Mhurchaidh dírithe ar a cheann scríbe.

Agus an Balla á shroichint, dúisíonn sé Denise le póg bhog. Is le leisce a osclaíonn sí a súile.

'Cá bhfuilimid?' a deir sí.

'Tá an fhuinneog in aice leat...' a deir Murchadh. 'Féach!'

'Bhabh!' a deir sí. 'An Balla!'

'Agus níl ansin ach cuid de,' a deir sé.

Tagann an bus chun stad.

'Anois,' a deir Murchadh. 'Tá ár dtreoraí chun roinnt den Bhalla a thaispeáint dúinn. Téanam ort.'

'Táim spíonta. Is ar éigin gur féidir liom bogadh. Agus tá tinneas cinn orm.'

'Hmm,' a deir Murchadh, ag féachaint isteach ina súile. 'Í siúd a chuireann san earrach baineann sí san fhomhair.'

'Gabh mo leithscéal?' a fhiafraíonn Denise.

'Tá tú ag íoc as an oíche mhór a bhí agat aréir' a deir sé.

'Agus nach raibh oíche mhór agatsa chomh maith?'

'Níor mheasc mé mo deochanna,' a deir sé go bródúil. Tugann sé barróg di ansin. 'Ná bí buartha,' a deir sé léi. 'Beidh go maith.'

Osclaíonn sé a mhála droma agus tógann amach paicéad aspirin. 'Tóg dhá cheann,' a deir sé. 'Anois ar aghaidh linn.' Síneann sé amach a lámh chuici.

Féachann siad rompu. Gan aon amhras tá an Balla ollmhór, tuairim is fiche troigh ar airde, agus fiche troigh eile ar leithead. Mar sin féin, tá an cosán fairsing ar a bharr ag líonadh cheana féin leis na sluaite cuairteoirí. In áiteanna, tá an Balla deisithe agus atógtha le brící nua. Mothaíonn Murchadh iontas ina chroí istigh agus é ag breathnú ar an mórghaisce tógála seo!

Agus is áit ghnóthach í Badaling, ceantar an bhalla. Taobh leis an mBalla tá bialanna agus stallaí cuimhneachán ar oscailt agus fógraíonn mangairí a n-earraí go beo bríomhar.

Coimeádann Denise greim daingean ar lámh Mhurchaidh fad is a leanann siad an treoraí, iad i measc grúpa de thríocha duine nó mar sin. Ina dteannta tá Gearmánaigh, Meiriceánaigh, duine nó beirt ó Cheanada, ón Astráil, lánúin ón Fhionlainn. Suas leo uile ar an mBalla, tógann siad grianghraif, éisteann siad leis an treoraí, tógann siad tuilleadh grianghraf, agus tosaíonn siad ar an tsiúlóid.

Diaidh ar ndiaidh éiríonn gach rud níos ciúine. Tar éis leath-uair a' chloig ag siúl ar an mBalla stopann an treoraí an chaint agus tógann an slua briseadh. D'ainneoin an lá a bheith geal, tá cóta agus scairf á gcaitheamh ag nach mór gach duine. Féachann siad timpeall orthu.

Tá Denise ina tost, ach tá a súile ar oscailt go leathan, ar nós go bhfuil sí faoi gheasa ag an spéir de dhath domhain gormghlas, agus an timpeallacht dhearóil. Féachann siad ar le chéile. Cuireann na cnoic dhonna iad ag breathnú i dtreo Ghaineamhlach Ghóibí agus ar aghaidh go dtí an tSibéir.

'Anois,' a deir Murchadh. 'An bhfeiceann tú oiread is caora amháin?'

Ach níl fonn gáire ar Denise. 'Tá go leor de seo agam,' a deir sí. 'Ba mhaith liom filleadh ar Bhéising.'

'Fan liom,' a deir Murchadh. 'Agus beidh tú go breá.'

Agus cuireann Denise a ceann ar a ghualainn.

'Beidh tú in ann do scíth a ligint amárach,' a deir sé. Tá siad beirt ag súil le lá saor.

*

Faoin am a bhfuil siad fillte ar a n-óstán, tá an tráthnóna ann. Téann an bheirt chuig a seomra lena scíth a ligint láithreach. Leagann siad a málaí agus cótaí síos, agus luíonn siad go tuirseach ar an leaba.

'Molaim dúinn,' a deir Murchadh, 'gan titim inár gcodladh anois. B'fhearr dúinn béile a chaitheamh ar dtús. Tá sé beagnach ina seacht a chlog.'

'Tá tú ró-chiallmhar dom,' a deir Denise, d'osna.

Ansin buaileann guthán Mhurchaidh. Téacs ó Ghearóid. *'Conas mar a bhí an lá ar an mBalla?'*

'Aon scéal?' arsa Denise.

'Gearóid. Téacs uaidh,' a deir Murchadh. 'Níl an fuinneamh agam dul i gcumarsáid leis anois. Cad a déarfaidh mé leis?'

'Nach bhfuilimid le bualadh leis tráthnóna amárach? Nach féidir leis fanacht go dtí sin?'

Breacann Murchadh téacs ar ais go Gearóid. *'Thar cinn, a chara. B'fhéidir go labhróimid tráthnona amárach?'*

Tagann freagra láithreach. *'Faraor, fuair mé glaoch inniu agus tá orm bheith i Shanghai ar feadh an lae. Céard faoin Máirt? An Jade Palace arís? A hocht a chlog?'*

Taispeánann Murchadh an freagra do Denise.

'Go breá,' a deir sí. Ní maith léi an iomarca rudaí bheith ar a clár.

11

Dé Máirt 16 Meán Fómhair, 5.30, tráthnóna

Is deas a bheith ag sú na gréine ar iarnóin shuaimhneach ar fhaiche fairsing Temple of Heaven Park, áit a ndéanadh impirí a gcuid guí. Bíodh go bhfuil an-chuid turasóirí ann, tá an faiche thar a bheith síochánta, ósais i lár na cathrach, crainn chufróige leagtha amach go néata. Tá Murchadh agus Denise beirt tar éis sult a bhaint as cuairt ar an áltóir bán marmair, ar an áirse ochtagánach ar a ghlaotar the Imperial Vault of Heaven agus, beagán níos faide ar aghaidh, an pálás coircleach ar a ghlaotar the Hall of Prayer for Good Harvests. Thug treoraí cur síos dóibh ar an stair agus ar fhealsúnachtaí Confucius, síth agus ómós, agus smaoiníonn siad orthu siúd anois.

Preabann guthán Mhurchaidh. Téacs ó Ghearóid.

> *'Faraor. Beidh moill orm. Pacáiste ag teacht ó Guangzhou. Brón orm faoi seo, ach an féidir linn ár gcoinne a chur siar go 9.30 i.n.?'*

Freagraíonn Murchadh láithreach. *'Tá go maith.'*

*

Mar a tharlaíonn, is iad Murchadh agus Denise atá déanach. Tá

Gearóid cheana féin ag an mbeár, deoch os a chomhair, faoin am a shroicheann siad an Jade Palace ag 9.40 san oíche. D'ainneoin cúpla lá gnóthach oibre, féachann sé go bhfuil sé ar a shuaimhneas, é go néata i jíons agus t-léine.

'Gabh ár leithscéal,' a deir Murchadh. 'Táimid ró-leisciúil. Bhíomar faoi gheasa ag fealsúnachtaí Confucius.'

'Tá sé sin go breá,' a deir Gearóid. 'Táim féin ag mothú leisciúil anois. Táim ag súil le cúpla lá níos boige ná mar a bhí agam.'

'Cad a bhí sa phacáiste?' a fhiafraíonn Denise, ag féachaint ar Ghearóid.

'Pacáiste?' arsa Gearóid.

'An pacáiste ó Guangzhou,' a deir sí. Croitheann Murchadh a cheann.

'Ah! Bhuel, d'fhéadfainn a rá leat,' a deir Gearóid, de mheangadh gáire. 'Ach ansin bheadh orm fáil réidh leat!'

'Bhuel bhuel, nach bhfuilimid go han-snasta!' arsa Denise. 'Cé a mhúineann do línte duit?'

Casann sí go Murchadh. 'Faigh deoch don fhear sin,' a deir sí. 'Agus b'fhéidir go scaoilfidh sé amach roinnt eolais dúinn i dtaobh Guangzhou, i dtaobh Shanghai.'

'Tá deoch aige cheana,' a deir Murchadh.

'Go deimhin, tá,' arsa Denise. Caitheann sí súil ar an ngloine os comhair Ghearóid. Tá an chuma air gur uisce atá ann. Déanann Gearóid meangadh gáire.

'*Baijiu* a ghlaotar air,' a deir sé. 'Stuif láidir. I ndáiríre, ní mholfainn é. An buntáiste atá agamsa ná go gcuireann gloine *baijiu* deireadh le aon fhonn a bhíonn orm toitín a chaitheamh. Ar chúis éigin. Tógfaidh mé ceann amháin agus sin sin.'

'Ba mhaith liom é a thriail,' arsa Denise.

'An tuairim mhaith í sin?' a deir Murchadh.

'Ba mhaith liom é a thriail,' arsa Denise arís.

'Ceapaim go mbeidh áiféala ort níos déanaí,' a deir Murchadh.

'Tá tú ag labhairt díreach cosúil le mar a dhéanfadh mo athair,' a deir sí.

'Táim ag smaoineamh ar conas a bhí tú ar an turas bus maidin Domhnaigh,' a deir Murchadh.

'Nílimid le bheith ar bhus maidin amárach,' arsa Denise.

'Ceart go leor,' a deir Murchadh. 'Do chinneadh atá ann.'

'Go raibh maith agat as sin,' a deir sí.

'Tá moladh agam,' a deir Gearóid, é ag féachaint ar Denise. 'Más maith leat é a thriail, ar mhaith leat braon a thógaint ó mo ghloine?'

'Nílim i mo pháiste,' a deir Denise.

'Ní rabhas ach ag iarraidh,' a deir Gearóid de chasachtacht, 'ní rabhas ach ag iarraidh réiteach taidhleora a lorg.' Déanann se m-iongháire.

'Ceart go leor, ceart go leor,' a deir Murchadh, ag ardú a lámh chun aire an fhreastalaí a fháil. 'Ólfaimid ár rogha rud.'

Nuair a thagann an freastalaí, ordaíonn Murchadh gloine beorach dó féin. Ansin, chun deoch a ordú do Denise, díríonn Murchadh a mhéar ar an ngloine *baijiu* atá ag Gearóid. Ardaíonn an freastalaí a mhalaí go cantalach. Ach imíonn sé leis chun na deochanna a fháil.

'Anois,' a deir Gearóid. 'Conas atá libh? Cén sort ama a bhí agaibh? Conas a raibh bhur lá ar an mBalla?'

'Go breá,' a deir Murchadh. 'Bhí sé ar fheabhas. Ach táimid ag tnúth anois le briseadh ón sceideal eagraithe.'

'Thar cinn,' a deir Gearóid. 'Tá rogha leathan ann. Anois inis gach rud dom.'

Tosaíonn Murchadh ag caint. Insíonn sé faoin turas bus, faoin rírá agus na sluaite in Badaling, faoi mhaorgacht an Bhalla agus na radharcanna breátha. Tar éis deich nóiméad tagann an freastalaí leis na deochanna. Gabhann Denise buíochas Sínise leis an bhfreastalaí, a thugann meangadh gáire mar fhreagra.

'Anois,' a deir Gearóid go cneasta le Denise, 'seans go mbeidh do chuid Sínise go líofa tar éis duit ól as do ghloine *baijiu*.'

'Ach,' a deir Gearóid arís go tapa, 'nílim cinnte go mbeidh Béarla ná Gaeilge ar do thoil agat a thuilleadh.'

Féachann Denise ar an ngloine *baijiu*, cuireann a srón go himeall an ghloine agus léimeann ar ais de phreab.

'In ainm Chroim!' a deir sí. 'Cad atá ann?'

'Beidh ort é a thriail,' a deir Murchadh agus Gearóid, nach mór d'aon ghuth amháin, sula dtagann na tríthí gáire orthu beirt.

Cuireann an sórt magaidh seo a laethanta ollscoile i gcuimhne di, an gríosadh i measc mic léinn eachtraíocht a dhéanamh le halcól. Ní maith léi é. Ach anois ní féidir léi gan ar a laghad suimín a bhaint as. Cuireann sí an ghloine chuig a beola, ansin stopann sí.

'Íosa Críost!' a deir sí. 'Cén sort stuif é sin? Tá múcha ag teacht as!'

'A haon, a dó, a trí,' a deir Gearóid. 'Slog beag tapaidh!'

Ach ní féidir léi. Cuireann sí an ghloine ar ais ar an mbord.

'Ní bheidh tú i d'fhear riamh!' a deir Murchadh, de gháire.

'Táim ceart go leor leis sin,' a deir sí.

'Agus táimidne chomh maith,' a deir Gearóid. 'Anois tá dhá ghloine baijiu agam – nó ar mhaith leat an ghloine breise bheith agat, a Mhurchaidh?'

'Fanfaidh mé le beorach, go raibh maith agat,' a deir Murchadh.

'Go han-mhaith,' a deir Gearóid. 'Tá dhá ghloine *baijiu* agam dom féin. Déanfaidh mé ceiliúradh anois le toitín.'

'Ach?' a deir Denise. 'Cheap mé nach raibh gá...'

'Tá gach rud athraithe anois,' a deir Gearóid. 'Tá dhá ghloine *baijiu* agam dom féin. Tá difríocht idir gloine amháin *baijiu* agus dhá ghloine *baijiu*. Rachaidh an tobac go deas le dhá ghloine *baijiu*. Beidh mé ar ais ar ball.'

'Tiocfaidh mé leat,' a deir Denise.

'Tiocfaidh mé freisin,' a deir Murchadh.

'Fáilte romhaibh,' arsa Gearóid. 'Ach gheobhaimid deoch eile duitse, Denise, ar dtús.'

*

An chéad uair eile a fhéachann Murchadh ar a uaireadóir tá sé thar mheán-oíche. Feiceann Gearóid é.

'Ceart go leor, a chairde,' a deir Gearóid. 'Tá sé déanach, agus tabharfaidh mé an deis daoibh bhur bhfuinneamh a spáráil. Más maith libh, beidh am agam tráthnóna amárach.'

Éiríonn sé agus labhraíonn sé arís.

'Luamar tíogar an lá cheana. An rud a mholaim do thráthnóna amáraigh ná go rachaimís ar chuairt ar Chathair an Tíogair. Áit chorraitheach atá inti, lán de bhialanna, siamsa sráide, amharclanna agus rince. Beidh sé mar athrú éadrom daoibh ó na turais treoraithe agus cuardach staire.'

'Díolta!' a deir Denise.

Leis sin tugann sé cárta gnó an duine dóibh, cruit órga Éireann air, le huimhir agus seoladh na hAmbasáide, agus a mhiontuairiscí féin. Níl an t-ainm 'Gearóid' le feiscint in aon áit.

'Tá sé chomh maith ceann a bheith agaibh,' a deir sé. 'Ar eagla na heagla.'

Déanann siad na socraithe cuí, agus fágann slán lena chéile don oíche.

12

Céadaoin 17 Meán Fómhair, tráthnóna

'Baineann sé le Béising bheith ar spraoi,' a deir Gearóid, agus an triúr acu ina suí isteach i tacsaí. 'Is é an taobh de nach gcloistear ina thaobh.'

Tá sé a seacht a chlog agus tá an ghrian ag dul faoi. Leanann Gearóid leis an gcaint.

'Feicfidh sibh scata turasóirí, gan amhras,' a deir sé. 'Ach ní bheidh mórán díobh. Mar sin, ceapaim go rachaidh sé ina luí oraibh.'

Ó bheith ag taisteal sa tacsaí dealraítear dóibh go bhfuil Cathair an Tíogair chomh mór le Baile Átha Cliath, ach níos dathannaí agus níos dea-mhúinte. Tráthnóna séimh atá ann, féachann na fir go galánta, na mná go gleoite agus gach aon duine ar nós bheith ag súil le craic.

Déanann Murchadh, Denise agus Gearóid blaisínteacht ar bheorach fad is a chaitheann siad súil ar rince ilchasta. Féachann siad ar fhir i gculaithe dorcha agus mná i ngúnaí bána ag glacadh céime, isteach is amach, isteach is amach, de chóiréagrafaíocht fhoirfe.

Tamaillín níos déanaí, tugann siad cuairt ar fhoirgneamh fairsing le síleálacha arda agus slua ina suí cois bord ag imirt cártaí, daoine eile ag imirt cluichí mar fhicheall agus dúradán. Feiceann an triúr acu roth, atá cosúil le roth roulette, daoine bailithe timpeall air.

'Ba mhaith leat muid a spreagadh chun cearrbhachais?' a fhiafraíonn Murchadh ar Ghearóid.

'Ní dóigh liom é,' arsa Gearóid. 'Go hoifigiúil, ní cheadaítear casinos sa tSín seachas i Macau. Ach, bhuel, is cathair mhór í Béising.'

'Ba mhaith liom triail a bhaint as,' a deir Denise.

'Eh?' a deir Gearóid.

'An roth roulette,' a deir sí. 'Casadh a bhaint as.'

'Dáiríre?' a deir Gearóid.

'Dáiríre!' a deir Denise.

'Féach cé mhéad airgid gur féidir leat a chailliúint laistigh de chúig nóiméad déag!' a deir Murchadh de mhagadh.

Titeann amach go gcailleann sí aon chéad fiche dollar na Stát Aontaithe. Ní ghlacfaidh fear an roulette le haon airgead Síneach.

'Bhuel bhuel, cé a chuala riamh i dtaobh casino a chaill airgead?' a deir Murchadh ansin.

'In ainm Chroim, beidh orm tú a theagasc arís,' a deir Denise de fhreagra gealgháireach. 'Beidh gá duit obair níos déine más maith leat mé a chothú.'

'Téanam oraibh,' a deir Gearóid, agus amach leo triúr ar ais ar an tsráid.

'Anois féach air seo,' a deir Gearóid, tar éis nóiméid, agus é ag díriú a mhéire i dtreo an struchtúir ollmhóir rompu.

Feiceann siad aghaidh bhiorach atá chomh mór le hardeaglais, drom cuarach ar nós sléibhe, agus eireaball fada casta a fhéachann cosúil le túr Eiffel claonta ar a thaobh. Ag breó de dhath geal smaragaide i gcoinne breacsholas na spéire.

'Tá sibh anois ar tí bhur n-iontráil a dhéanamh, agus dul isteach sa dragan,' a deir Gearóid go haoibhiúil. 'An Dragan Glas. Tá seans ann gurb é an rollchóstóir is mó ar domhan é.'

An Dragan Glas. Cuireann caint Ghearóid scannán úd de chuid Bruce Lee i gcuimhne do Mhurchadh, scannán ar shleamhnaigh sé isteach an doras chuige le comrádaithe bunscoile iarnóin amháin na cianta ó shin. Seans gurbh é a chéad radharc ar chultúr na Síne. Mheas sé go raibh an scannán go marbhleadránach ach bhí a chomrádaithe go han-tógtha leis. Nah, níor mheas sé gur oir an tSín dó. Breathnaíonn sé anois ar an arracht os a chomhair.

'Sórt gairéadach, nach gceapann tú?' a fhiafraíonn Murchadh.

'Bhuel, is maith leo taispeántas a chur ar fáil,' a deir Gearóid, 'agus, tar éis an tsaoil, bíonn sé go speisialta oiriúnach nuair gurb í Bliain an Dragain atá againn.'

'An bhfuil sé sin le rá...' a fhiafraíonn Denise, 'go bhfuil francach mór acu freisin, agus madra, agus gach sort ainmhí eile, ag brath ar cén bliain atá ann?'

'Ní dóigh liom,' a deir Gearóid. 'Níl aon rud chomh mór leis an Dragan Glas.'

'Ach ní hí seo Bliain an Dragain, deir tú?' a fhiafraíonn Murchadh.

'Ní hí,' a deir Gearóid, 'Ach beidh Bliain an Dragain againn arís, ní baol.'

Níl ann ach gairéad, gairéad gan ghá, a deir Murchadh leis féin. Gairéad in aisce.

Agus iad ag druidim níos cóngaraí don rollchóstóir cloiseann siad na scréachaíl ó na daoine atá air agus na carráistí ag dreapadh agus ag dul le fána ó chranna na spéire. Ag an dul isteach tá scuaine ordúil de dhaoine. Go haisteach, tá an scuaine ladhrach, mar a bheadh an teanga ar nathair ollmhór. Ach dragan atá ann, agus is tríd an mbéal atá an dul isteach chuig an rothleagán ábhalmór seo.

Casann Gearóid i dtreo na lánúine.

'Anois,' a deir sé. 'Tá sé go hiontach an bheirt agaibh a fheiscint chomh maith sin. Ag éirí libh sa bhaile. Ar mhuin na muice. Mar sin, céard faoi é sin a cheiliúradh le marcaíocht ar an Dragan Glas?'

'Díolta!' a deir Denise.

'Uhm, ní dhéanfaidh, go raibh maith agat,' a deir Murchadh. 'Beidh mé sásta breathnú air.'

'A ghrá,' féachann Denise díreach ar Mhurchadh, ag breith greama ar a uillinn. 'Cad chuige sa tubaiste nach ndéanfá?'

'A stóirín,' a deir Murchadh go ciúin. 'Tá a fhios agat nach réitíonn an sórt rud sin liomsa. Chuirfeadh sé ag caitheamh aníos mé. Agus tá sé ar eolas agat le fada go bhfuil eagla na n-airde orm. Cathain a smaoiníomar riamh ar aon rud mar seo?'

'A Mhurchaidh,' a deir sí, 'beidh ort an rud sin a smachtú. Ar aon chuma beimid ceangailte isteach inár suíocháin, cosúil le gach aon duine eile, na daoine sin go léir atá ag baint sult an domhain as. Agus beidh sé thart – laistigh de cén t-am?'

Casann sí i dtreo Ghearóid.

'Laistigh de b'fhéidir cúig nóiméad déag,' a deir Gearóid. 'Bhí mé air go han-mhinic. Tá sé thar barr. In ainm Dé, bíonn an chraic sin uaim ó am go ham tar éis laethanta tura le taidhleoirí leadránacha. Smaoinigh ar an spraoi, an corraíl. Bhíodh Mariana an-tógtha leis.'

'Mariana?' a fhiafraíonn Denise.

'Mariana, iarchailín liom. Ar aon nós, níl sé seo mar gheall ormsa. Baineann sé libhse.'

'Agus nach bhfuil tú chun bheith linn?' a fhiafraíonn Denise.

'Bhuel, níl ach spás do bheirt in aon cheann de na suíocháin. Bhí beartaithe agam fanacht thíos anseo agus beorach bheith agam fad is a théann an bheirt agaibh in airde agus radharc a ghlacadh de Bhéising mar a dhéanfadh seabhac de ruathar.'

'Nah,' a deir Murchadh. 'Fanfaidh mé anseo chomh maith.'

'Dáiríre?' a deir Gearóid le huafás. 'An fíor, níl tú chun é a dhéanamh?'

'Ní réitíonn sé liomsa,' a deir Murchadh.

'Bhuel, ní féidir linn ligint don chailín dul ina haonar.'

'Is féidir leatsa dul,' a deir Murchadh le Gearóid. 'Téir i m'ionad.'

'Jeez, a chomrádaí,' a deir Gearóid. 'Tá seans dochreidte á chailliúint agat.'

'Déanfaidh mé gan é,' a deir Murchadh. 'Mharódh sé mé dul in airde ansin.'

'Ceart go leor,' a deir Gearóid. 'Is dócha gur chóir dom seasamh isteach duit. Ach ná bí buartha. Tabharfaidh mé aire mhaith di.'

'Cuirfimid cárta poist chugat!' a deir Denise de gháire, í ag caitheamh póige go Murchadh sula slogtar í féin agus Gearóid isteach i mbéal an dragain.

*

Cúpla nóiméad níos déanaí, gloine beorach ina láimh aige, is féidir le Murchadh iad a fheiscint ag dreapadh isteach sna suíocháin, agus cloiseann sé an torann domhain agus an rollchóstóir ag tosú arís. Stealltar cúpla braon beorach amach as a ghloine agus déanann an talamh crith. Le geit, smaoiníonn Murchadh ar chreathanna talún. Tá a fhios aige go dtarlaíonn siad sa tSín an t-am ar fad. Ach tugann sé faoi deara nach bhfuil ann an uair seo ach an Dragan Glas, an t-innealra sin go léir, luamháin agus ulóga. Agus ar son cén rud? Spraoi, preab páistiúil. Níl ann ach scréachaíl agus meadhrán agus do ghoile bheith ag casadh bun os cionn.

Is féidir leis Denise agus Gearóid a fheiscint, iad ina suíochán, ag féachaint go breá sásta leo féin. O bhuel, tá gach aon duine difriúil, nach bhfuil? Ansin tagann scread ó Denise, agus béic ó Ghearóid, agus méadaíonn an luas. Ansin tá bailithe acu leo. Agus iad ag ardú i stua, déanann Murchadh iarracht iad a leanúint, ansin déanann sé aisléim nuair a fheiceann sé iad ag tuairteáil anuas, arís de scread agus béicigh áthais. Cuireann sé meadhrán air iad a fheiscint. Ba mhaith leis suí síos, ach níl suíochán ar fáil. Téann sé ar a ghogaide, ansin slogann an beorach arís. An Dragan Glas, an Dragan Glas, The Green Dragon. Ag smaoineamh air, an raibh teach tábhairne i gCorcaigh den ainm sin? Nó tábhairne i gCaerdydd na Breataine Bige agus é ar deireadh seachtaine ag an rugbaí? An t-am úd a raibh lasracha á gcaitheamh amach aige tar éis dó droch-churaí a ithe? Lasracha a mbeadh aon dragan bródúil astu?

Féachann sé arís in airde ar an ollphéist shoilseach. Moillíonn sí, ansin sracann sí ar aghaidh arís go tapaidh, sula moillíonn sí arís. Is cosúil go bhfuil an-chraic ag gach aon duine. Ach ní féidir le Murchadh an ghrainc a ghlanadh dá aghaidh. Tá sí greamaithe air.

Ansin feiceann sé iad, agus éiríonn sé de phreab. Sin Denise, agus tá greim á bhreith aici ar uillinn Ghearóid, agus tá an bheirt acu ag gáire. Bhuel, cén fáth nach ndéanfadh, b'fhéidir? Bomaite corraitheach atá ann, tá sí ag baint scléipe as, agus is maith an fear é Gearóid í a thionlacan. Ach caithfidh go bhfuil a fhios aici, caithfidh go bhfuil a fhios acu, go mbeidh Murchadh ag féachaint.

Bogann siad ar aghaidh arís, agus as a amharc. Tógann sé slogadh mór beorach. Tar éis cúig nóiméad, slogadh mór eile. Ansin, cad é seo? A ghuthán póca. Téacs.

'Haigh, an-chraic. Déanfaimid é uair amháin eile.
Feicfidh mé thú ansin. Dxxx.'

Coimeádfaidh sé a chiall. Freagraíonn sé le 'OK'.

Siúlann sé timpeall go béal an dragain, agus cloiseann an rollchóstóir ag dúisiú arís eile. Ansin feiceann sé áiléir iomlán de grianghraif bheaga á gcaitheamh amach ar scáileán digiteach. Tugann sé ceann dóibh faoi deara. Feiceann sé Denise sa ghrianghraf. I mbaclann Ghearóid. Aghaidh na beirte go dlúth le chéile, meangadh gáire orthu beirt, agus eisean á pógadh. Nach ea? Tá a bheola ar a leiceann clé, chomh cóngarach sin nach bhfuil spás ar bith idir beola agus leiceann, eisean le súil ina treo. Murar póg í sin! Tarraingíonn Murchadh amach a spéaclaí léitheoireachta, féachann sé arís go cúramach ar an ngrianghraf. Toisc scáth éadrom bheith thar an dá aghaidh tá sé deacair dó bheith cinnte gur póg atá ann. An nglacfadh cúirt leis mar fhianaise gur póg atá ann? An póg atá ann thar aon amhras réasúnach? Deacair a rá. An póg atá ann ar chothromaíocht na dóchúlachta? Seans gurb í. Agus is féidir a fheiscint ón ngrianghraf go bhfuil sult á bhaint ag Denise aisti.

Tá a fhios ag Dia gur féidir léi bheith ríogach. Róríogach chun a aithint go bhféadfadh sí bheith ar ceamara.

Tá an spraoi aici. Agus ba mhaith léi tuilleadh de. Agus céard fúmsa, a cheapann Murchadh. Ag teacht an tslí ar fad chun na Síne ina teannta – agus níorbh a rogha bhí ann teacht fiú – agus sin a bhfuil de bhuíochas air! A leithéid de mhíbhéasa. Go hainnis.

An babhta seo ní fhanfaidh sé.

Féachann sé ar a ghuthán agus déanann na heochracha a phuinseáil.

'Feicfidh mé ar ais ag an óstán thú.'

Déanann sé an chuid dheireanach den bheoir a shlogadh fad is a dhéanann an talamh crith arís eile. Casann sé ansin ón nDragan Glas agus féachfaidh sé an féidir leis filleadh ar a óstán gan oiread is radharc eile de.

Tá cnagadh éadrom ar a ghualainn. Iompaíonn sé de gheit. Fear beag, fear na ngrianghraf. Díríonn an fear a mhéar i dtreo an ghrianghraif, féachann sé ansin go ceistiúil ar Mhurchadh.

'You buy?'

Croitheann Murchadh a cheann, ansin féachann sé ar an ngrianghraf arís. Go tobann, athrú intinne. Ní deir an ceamara bréag. Ceannóidh sé an grianghraf. Beidh sé in ann staidéar ceart a dhéanamh air ansin. Tógann sé amach a thiachóg. Buíochas le Dia glacann an fear le airgead Síneach.

*

Maidir le Gearóid, nó Geoff, is ar éigin gur féidir le Murchadh an díomá a sheasamh. Dlúthchara tar éis loiceadh air. Ina aigne, déanann sé na ceisteanna a chuardach, amhail agus go bhfuil sé ag ullmhú le croscheistiú a dhéanamh ar fhinné snasta. An féidir leis an bhfinné a rá leis an gcúirt cad is cor do Ghearóid Pléimeann, aislingeach agus fear gnaíúil? Agus go díreach cé hé Geoffrey, taidhleoir sleamhain agus caimileon proifisiúnta?

Díreach anois níl aon fhreagraí ag Murchadh. B'fhéidir go dtiocfaidh siad tar éis oíche de chodladh sámh.

Feiceann sé solas buí ag spréacharnaíl ar stalla uachtar reoite. Is am áiféiseach é don stalla bheith ar oscailt, ach go tobann meastar gur uachtar reoite an cinneadh ceart. Féachann sé ar fhear an uachtar reoite agus aimsíonn don phictiúr de choirnín de dhath líoma.

Ach croitheann fear an uachtar reoite a cheann.

'Cad seo?' a fhiafraíonn Murchadh.

Déanann fear an uachtar reoite cor i dtreo a uaireadóra, agus láithreach bonn tosaíonn sé ar an aiste a dhúnadh.

Féachann Murchadh ar a uaireadóir. 10.15 sa tráthnóna.

'De gheall ar Dhia!' a impíonn sé, ansin feiceann sé póilín ag teacht amach ón dorchadas.

Agus an haiste ag dúnadh de thuairt, stopann an póilín agus féachann go crosta ar Mhurchadh. Ar an toirt líontar scórnach Mhurchadh le focail, focail a thagann ó log an ghoile.

'Gread leat!' Ligeann Murchadh búir as, isteach in aghaidh an phóilín bhoicht. Ansin bailíonn Murchadh leis go mear.

Agus é ag brostú isteach sa dorchadas, smaoiníonn sé ar cad a tharlóidh anois. Ar conas nár lig sé béic mar sin ar aon duine riamh roimhe sin ina shaol. Ní réitíonn sé lena phearsantacht, measann sé. Níl sé ag teacht lena nádúr. Agus cuireann sé seo an nath atá úsáidte aige arís is arís eile agus é ag argóint ar son a chliaint sa

Chúirt Dúiche sna laethanta nuair a bhíodh sé ina abhcóide cosanta ar son gadaithe agus bithiúnach.

Níor réitigh sé lena phearsantacht ach, díreach anois, braitheann sé fuascailte. Stopann sé agus fanann sé go gcloiseann coiscéimeanna á leanúint, ach níl faic le cloisteáil. Agus déanann sé smaoineamh. Smaoineamh ar na athraithe go léir atá riachtanach. Smaoiníonn sé ar conas gur ghá don tSín a stocaí a tharraingt aníos, í féin a fheabhsú. Agus déanann sé tuilleadh machnaimh, níos díograisí an uair seo, ar gach a bhfuil le hiompú.

Éisteann sé leis na sluaite. Tá siad i bhfad uaidh, ag caint ina monabhar lag.

Ach cá bhfuil an dul amach? Níl a fhios aige. An mbeidh tacsaí ann? Níl tuairim dá laghad aige an mbeidh nó nach mbeidh. Ach déanfaidh sé a bhealach a threabhadh tríd. Mar a dhéanann i gcónaí.

13

Tá tuilleadh fuaimeanna ann, agus tagann Murchadh ar shráid mhór ghlórach. Carranna ag brostú thart ó dheis agus ó chlé. Ar cheap sé riamh go dtárlódh sé dó go mbeadh sé ina aonar sa tSín, in áit chaillte mar seo? Ach nach bhfuil a leannán leis? Bhuel níl, níl díreach anois ar aon nós.

Feiceann sé tacsaí, solas geal ar a bharr, agus cuireann sé a lámh amach. Ní stopann an tacsaí. Feiceann sé tacsaí eile, arís le solas geal ar a bharr, rud a thugann le tuiscint, mar a dhéanfadh sa bhaile, go bhfuil an tacsaí saor glacadh le paisinéir. An toradh céanna arís. Is amhlaidh an scéal leis an tríú tacsaí, ach an uair seo is léir go bhfuil an tiománaí tar éis Murchadh a fheiscint, agus déanann comhartha lena lámh, amhail agus go bhfuil méar á shíneadh aige i dtreo taobh eile na sráide. Is ansin a thugann Murchadh faoi deara go bhfuil beirt phóilín ina seasamh ar thaobh eile na sráide. Cad é an prótacal anseo? An é nach stopfaidh tacsaí nuair a bhíonn póilíní thart faoin áit?

Tá rud amháin cinnte. Ní mian le Murchadh tuilleadh trioblóide a bheith aige le póilíní na Síne. Níl sé chun aird na bpóilíní a tharraingt air féin. A leithéid de thír! Ach tá sé i dteideal aige filleadh ar a lóistín. Lorgaíonn sé stad tacsaithe. An mbíonn staid tacsaithe acu i mBéising? Faraor, níl a chuid obair bhaile déanta aige ar chor ar bith. Bheadh an taighde déanta ag Denise, agus gan amhras bheadh an t-eolas cuí ag Gearóid. Ach tá siad siúd gnóthach ar an Dragan Glas, iad ag suirí le chéile. Casann Murchadh isteach ar shráid níos lú. Tar éis deich nóiméad feiceann sé tacsaí eile, an solas lasta, gan phaisinéir, agus stopann an tacsaí dó. Suíonn Murchadh isteach agus deir sé leis an tiománaí *'Blossom Hill Hotel, please.'*

Croitheann an tiománaí a cheann. Go bhfóire Dia orainn, níl Béarla aige. *'Bloss – om – Hill – Ho - tel'*, brúnn Murchadh na siollaí amach go mall. Casann an tiománaí timpeall agus féachann sé ar a phaisinéir, a aghaidh cromtha le ceist. In ainm Dé, tiománaí tacsaí i mBéising nach dtuigeann fiú ainm óstán! Ansin déanann an tiománaí comhartha lena lámh, amhail agus go bhfuil rud éigin uaidh. An táille? Anois is é Murchadh an duine nach bhfuil an freagra aige. Croitheann sé a cheann. A dhuine uasal, tóg go dtí m'óstán mé, in ainm Dé, agus íocfaidh mé an táille ansin, ní baol. Anois an féidir linn stopadh leis an amadaíocht, le do thoil?

Tagann meangadh gáire ar an tiománaí, ar nós go bhfuil an tseafóid seo feicthe aige cheana.

'Card?' a deir sé.

'Mo chárta creidmheasa?' a deir Murchadh, agus é ag caint leis féin, ach na focail dírithe ar an tiománaí. 'Déan dearmad ar na nósanna seo, a dhuine uasal.'

Ach tá sé i gcruachás. Le leisce, tarraingíonn Murchadh amach a chárta creidmheasa. Tá na Sínigh chun é a ghlanadh amach agus níl an dara rogha aige.

Ach croitheann fear an tacsaí a cheann de mheangadh gáire eile.

'Card?' a deir sé arís.

De mhallacht, osclaíonn Murchadh an tiachóg arís, féachann cad atá ann. Ar ábharaí an tsaoil, aimsíonn sé cárta an óstáin. Bhrúigh Denise isteach ina lámh é ar an gcéad lá. Ar an gcárta tá ainm an óstáin. I mBéarla agus, níos tábhachtaí, sa tSínis.

Déanann tiománaí an tacsaí a cheann a sméideadh de mheangadh gáire níos leithne, féachann sé ar an gcárta, agus le sméideadh eile a chinn tugann an cárta ar ais do Mhurchadh agus tosaíonn ag tiomáint. Ligeann Murchadh dó féin meangadh beag gáire a dhéanamh. An trioblóid sin ar fad. Níor rith sé leis féachaint an raibh méadar an tacsaí i bhfeidhm fad is a bhí an amadaíocht úd ar siúl. Ag an staid seo, áfach, níl sé chun rud mór a dhéanamh de. Ba mhaith leis filleadh ar a sheomra agus dul a luí. Tá codladh uaidh.

Sroicheann sé an t-óstán slán sábháilte. Éilíonn an tiománaí táille réasúnta agus glacann sé le hairgead Síneach. Gach rud in ord. Ach nuair a shroicheann Murchadh an seomra codlata cuirtear i gcuimhne dó nach bhfuil gach rud in ord. D'imigh sé amach lena leannán agus tá fillte aige ina aonar. Cén sort saoire í seo? Tarraingíonn sé amach an tiachóg airgid agus féachann ar an ngrianghraf úd, an bheirt ar an rollchóstóir. Tá sí á phógadh. Níl sí á phógadh. Tá sé á pógadh. Níl sé á pógadh.

Isteach sa leaba leis agus féachann sé ar an ngrianghraf uair amháin eile, cuireann sé ar ais ina thiachóg é agus múchann sé an solas.

*

Sar i bhfad tá sé ag marcaíocht ar chapall mór bán trí fhásach in oirdheisceart na Tuirce. Tá an spéir dúghorm, an ghrian ag taitneamh go marfach agus faoi éide buídhonn míleata atá á chaitheamh aige tá sé ag cur allais. Tá deoch uaidh ach níl faic le hól aige. Níl oiread is sruthán le feiscint ach nuair a thagann sé ar fhothrach mór de bhricí bándearga tagann ógbhean álainn i ngúna fada dorcha amach as an scáth, crochann sí a lámh suas agus iarrann síob uaidh ar dhrom an chapaill. Ní dhéanann Murchadh ach a cheann a sméideadh. Cuireann sé a lámh amach agus tá sé láidir go leor ach lámh amháin a úsáid an bhean álainn seo a tharraingt aníos agus í a chur ina suí ar dhroim an chapaill. Déanann sí í féin go compordach taobh thiar de ar dhroim an chapaill, cuireann sí a lámh timpeall ar a choim, tógann sí fleasc beag uisce as a póca agus tugann dó. Tá an fleasc de dhath airgid agus as an bhfleasc breá seo ólann Murchadh an t-uisce is úire a d'ól sé riamh. Líontar é le maitheas agus neart.

14

Déardaoin 18 Meán Fómhair

Ar dhúiseacht dó ar maidin, tugann Murchadh faoi deara go bhfuil bean sa leaba in aice leis. Gruaig fhada dhonn uirthi, craiceann bog gleoite. A leannán féin. Shleamhnaigh sí isteach i ngan fhios dó i gcaitheamh na hoíche. Agus Denise ina codladh go sámh, luíonn Murchadh ansin, ag féachaint ar shíleáil an tseomra agus ag iarraidh ciall a bhaint as cad a thit amach aréir. Ar cheart dó bheith crosta léi as ucht a hiompar ar an rollchóstóir? Nó an bhfuil an seans ann go mbeidh sí crosta leis toisc gur bhailigh sé leis ar ais go dtí an t-óstán gan fanacht uirthi? Agus gan slán a fhágáil lena chara féin Gearóid?

In aice leis sa leaba tosaíonn Denise ag srannadh go bog. Ní dhéanann ceachtar acu srannadh ach go hannamh. Nuair a tharlaíonn sé istoíche, réitítear é le póg ghrámhar. Cuireann sé sin stop leis an srannadh agus is féidir leis an mbeirt acu codladh ar aghaidh.

Ach an mhaidin atá ann anois, níl tuilleadh codlata ó Mhurchadh, agus measann sé nach bhfuil póg ar fáil aige do Denise díreach anois. Ligfidh sé di srannadh léi.

Déanann sí, agus ar a suaimhneas. Agus deich nóiméad eile den srannadh imithe thart, tá go leor de cloiste ag Murchadh. Féachann sé uirthi. Cén sórt bhrionglóidí atá ag titim amach laistigh den chloigeann álainn sin? Ritheann sé leis lámh a leagan go bog ar a leiceann. Dhéanfadh sé sin an srannadh a stopadh. Ach ansin bheadh briseadh ón nós atá acu le blianta fada le chéile. Tar éis dó smaoineamh air go cúramach, beartaíonn sé nach bhfuil sé ullamh é sin a dhéanamh. Níl dul as ach póg a thabhairt di. Póg éadrom ar a clár éadain. Déanann sé an beart.

Chomh luath is a dhéanann, stopann Denise den srannadh, ligeann sí osna agus síneann lámh gleoite codlatach amach chuige. 'A thaisce,' a deir sí, sula bhfilleann sí ar an gcodladh. Níl sí crosta leis! Dar ndóigh, níl sí ina dúiseacht ach an oiread.

Nó an cheart dó bheith crosta léi? An mbeidh díomá air mura bhfuil sí crosta leis?

Beartaíonn sé gur mhaith leis éirí. Tá bricfeasta uaidh agus níl sé chun feitheamh go dtí go bhfuil Denise ullamh. Ar aon nós, níl aon rud ar a gclár don lá inniu. Beidh go leor ama acu cúrsaí a phlé.

Thíos leis go bialann an óstáin agus tógann sé bricfeasta mall leisciúil, ina aonar, a leabhar á léamh aige, é ag alpadh na leathanach d'uireasa a leannáin. Faoin am a chríochnaíonn sé, deoch caife ólta, tá sé ag ceapadh go mbeadh Denise tar éis éirí agus gur cheart go mbeadh sí sa bhialann leis. Ach níl sí tar éis teacht. Faoin am go bhfuil sé ag filleadh ar an seomra codlata, tá sé ag druidim i dtreo 11.30 ar maidin. An lá ag sleamhnú thart.

Ach tá sí ina dúiseacht anois, agus tagann meangadh gáire ar a haghaidh nuair a fheiceann sí é.

'Bhuel, nach tusa an t-éan luath!' a deir sí. 'Sa leaba go moch, i do shuí go moch.'

'Nár bhraith tú uait mé?' a deir Murchadh.

'Gabh mo leithscéal?' ar sise.

'Nó an raibh an iomarca spraoi agat ar an Dragan Glas?' a deir sé. 'An iomarca de chraic chun go mbeadh uaigneas ort?'

'Cad atá i gceist agat?' a fhiafraíonn sí.

'Tá a fhios agat cad atá i gceist agam,' a deir sé le corraí. 'Theastaigh uait fanacht ar an rollchóstóir le Gearóid.'

'In ainm Chroim,' a deir sí, 'ní raibh ann ach an dara seans. Cúig nóiméad déag. Rinne tú go soiléir nár mhaith leat páirt a ghlacadh. Nach gceapann tú b'fhéidir gur mise an duine a bheadh uaigneach, tusa ag bailiú leat gan choinne ar ais go dtí an t-óstán?'

'Bhuel ní dóigh liom sin,' ar seisean. 'Ní bhfuair mé aon ghearán uait. Glaoch, téacs, faic. Bhí tú go breá sásta ansin le Gearóid.'

'Tá mo dhóthain den cheistiuchán seo agam,' arsa Denise go cosantach. 'Nach féidir leat a thuiscint go raibh Gearóid do mo thionlacan? Sin bun agus barr de. Chonaic tú díreach cad a tharla.'

'Bí cinnte go bhfaca,' arsa Murchadh. 'Cad atá le rá agat faoi seo?'

Tarraingíonn sé an tiachóg óna phóca, tógann sé an grianghraf amach aisti agus taispeánann di é. Mar a dhéanfadh sé ina abhcóide sa chúirt chun an fhírinne a mhealladh ó bhéal finné.

Ar feadh bomaite, tá sí ina tost. Tógann sí an grianghraf uaidh, féachann sí ar an ngrianghraf, ansin féachann sí suas ar Mhurchadh. Ansin osclaíonn sí a mála láimhe agus tógann sí cóip eile den ghrianghraf céanna amach.

'A chroí,' a deir sí, go ciúin. 'Cad atá ar siúl agat? Níl ann ach radharc de Ghearóid agus díom féin ar an rollchóstóir. Ag baint suilt as.'

'Bí cinnte go bhfuil tú ag baint sult as,' arsa Murchadh.

'Agus sin an fáth a dtéann daoine ar rollchóstóir. No ar bungee léimt nó fiú ar luascán sa gháirdín. Píosa craic, scléip a fháil. Blas den dainséar. Sceitimíní. Níl ann ach spraoi. Nach dtuigeann tú é sin, a Mhurchaidh?'

A Mhurchaidh. Is annamh a luann siad ainmneacha a chéile agus iad ag caint eatarthu féin. Tá sí ag labhairt leis mar a dhéanfadh a mháthair dó agus é ina bhuachaill óg. A leannán ag caint leis sa tslí sin. Agus gan oiread is únsa de náire uirthi. Agus níl críochnaithe aici go foill.

'Anois,' a deir sí, 'más maith leat mo thuairim air, ceapaim gur deas an grianghraf atá ann. Mar is eol duit, nílim tógtha, i gcoitinne, le bheith os comhair ceamara. Ach tá an pictiúr sin go deas. Bhí sé daor, dar ndóigh. Dá mba rud é go raibh a fhios agam go raibh cóip ceannaithe agat cheana ní scarfainn le tuilleadh airgid don dara cóip.'

Ní deir Murchadh faic. Suíonn sé síos ar an gcathaoir.

'Anois, a stór.' Leanann sí den chaint. 'Tá mé ar saoire. Ní maith liom bheith faoi imscrúdú. Tá tú ar saoire chomh maith. Táimíd ar saoire le chéile. Mar sin, scaoil leat, le do thoil.'

Tugann sí póg dó ar a shrón. Tá sí chomh hard le heitleog.

Níl fonn cainte air.

Ansin tógann sí a fallaing sheomra ó phionna an dorais agus cuireann sí uirthi é. Casann sí chuige agus cuireann sí amach a dá lámh.

'Téanam ort,' a deir sí. 'Tá greim bhricfeasta uaim.'

Féachann sé uirthi. Tá cuma codlata uirthi go fóill. Níl a cith maidine glactha aici.

'Tá a fhios agam,' a deir sí. 'Nílim snasta gleoite díreach anois. Déanfaidh mé é sin nuair atá rud éigin i mo bholg agam. Ar dtús tá orm ithe. Tá adharc ocrais orm.'

'Ach,' a deir Murchadh. 'Tá sé i bhfad thar am bricfeasta. Beidh an bhialann bhricfeasta dúnta faoin am seo.'

'Féach amach,' a deir sí. 'Tá orm ithe agus sin sin. Gheobhaidh mé bricfeasta, feicfidh tú. Anois, nach dtiocfaidh tú liom?'

'Bhí bricfeasta agam cheana,' a deir sé.

'Tá a fhios sin agam,' ar sise go géar. 'Ach bainim sult as do chomhluadar. Nó an bhfuil rud éigin níos tábhachtaí agat ar do chlár?'

Seasann sé suas ón leaba, agus síos leo le chéile i dtreo na bialainne.

Níl uaithi ach meangadh gáire gleoite – agus tairiscint de nóta fiche dollar – a dhéanamh chun a chur ina luí ar an ard-fhreastalaí go bhfuil bricfeasta déanach tuillte aici.

Tá an bhialann fhairsing folamh seachas iad. Fad is a itheann Denise, tógann Murchadh cupán tae glas. Tá air rud éigin a thógaint, agus costas fiche dollar bhreise ar an mbricfeasta seo.

Nuair atá a bricfeasta críochnaithe ag Denise, filleann siad beirt ar a seomra agus téann sí i gcóir ceatha. Tógann Murchadh a leabhar leis agus thíos staighre leis chun é a léamh. Aimsíonn sé suíochán compordach san fhorhalla. Is faoiseamh dó é dul ar ais i ngleic leis an Rúis de chuid Tolstoi, cogadh agus síochán, grá agus díomá, agus troid in aghaidh an tsrutha. Níl cara níos fearr ná leabhar mór groí!

Dúisítear é ó chogaidh Mhoscó le póg fhliuch ar a mhuineál. Suíonn Denise síos in aice leis, a guthán ina lámh. Níor thug sé faoi deara í ag teacht fiú. Sin deireadh lena shíochán anois. Dar ndóigh is fiú go cinnte dó stopadh ag léamh. Tá Denise ar nós ga gréine, smidte agus í i ngúna gearr samhraidh, a cuid gruaige fós tais agus ag titim timpeall ar dhá ghualainn loma. Ach, gléasta mar sin ag a dó a chlog san iarnóin? Tagann sruth leictreacais trí Mhurchadh agus fágann sé saothar Tolstoi ar leataobh. Nach bhfuil an t-ádh leis leannán chomh gleoite sin a bheith leis? Níl aige a bheith crosta léi a thuilleadh.

'Tá dea-scéal agam,' a deir sí. 'Táimid chun turas treoraithe dár gcuid féin a fháil go dtí an Chathair Thoirmiscthe.'

'Ach nach bhfuil an Chathair Thoirmiscthe feicthe againn cheana?' a fhiafraíonn Murchadh.

'Cuid bheag di, agus muid i measc na sluaite,' a deir Denise. 'Ní bhfuaireamar ach blas, an blas céanna is a bhfaigheann gach turasóir eile.'

'Agus?' arsa Murchadh go fiosrach.

'Seo seans dúinn don fhíor-rud,' a deir sí. 'An taobh de nach bhfeiceann an gnáth-thurasóir.'

Tá ar Mhurchadh a admháil dó féin go bhfuil sé tógtha leis an gCathair Thoirmiscthe. Pálás agus áit chónaithe do cheathrar is fiche impire na Síne, de chuid ríshleachta Ming agus Qing, croílár rialtas na Síne ar feadh nach mór cúig chéad bliain. Cén sórt saoil é bheith i do impire?

Labhraíonn Denise arís.

'Ní bheidh gá dúinn bheith i measc na sluaite,' a deir sí. 'Beidh aire speisialta á fháil againn.'

'Go breá, ach conas?'

'Tá sé eagraithe, uhm, ag Gearóid dúinn,' a deir sí. 'Tá teagmháil mhaith aige le duine san údarás. Mar sin beidh treoraí dár gcuid féin againn. Treoraí le Béarla líofa.'

Gearóid Gearóid Gearóid Gearóid. Cuireann Murchadh a chloigeann ina lámha, ligeann osna.

'Bhuel?' a deir Denise.

'Nach mbeadh sé go deas dá gcuirfeá fios orm sular shocraigh tú é seo le Gearóid ar an gcéad dul síos?' a deir Murchadh.

'In ainm Chroim,' a deir sí, 'tá an deis againn an Chathair Thoirmiscthe a fheiscint, agus í a fheiscint le treoraí áitiúil dár gcuid féin, duine le teagmháil leis an údarás. Cinnte ghlac mé leis, ar ár son beirt. *No-brainer* atá ann! Cén fhadhb sa diabhal atá agat leis sin?'

'An é Gearóid atá ag eagrú an tsaoire seo dúinn anois?'

'Ní hea. Mar is eol duit go maith, tá an dualgas sin ormsa. Agus tá glactha agam le tairiscint fhlaithiúil dá chuid. Cad í an fhadhb atá agat leis? Is taidhleoir é, tá aithne aige ar dhaoine. Is buntáiste é sin dúinn.'

'Ach nach ceart dó bheith ag díriú ar a chuid oibre leis an Ambasáid? Cé mhéad de laethanta saoire atá á dtógaint aige chun am a chaitheamh linn?'

'Bhuel, níor chuir mé an cheist sin air,' arsa Denise. 'B'fhéidir go bhféachann sé air mar chuid dá dhualgas proifisiúnta blas de Bhéising a thabhairt dúinn. Tá a fhios aige go mbeidh baint agam le cúrsaí gnó anseo.'

'Agus beidh ort a admháil,' a deir sí, 'go bhfuil sé thar a bheith meáite go mbeidh am suimiúil againn.'

'Bí cinnte de sin,' arsa Murchadh, le tuirse. 'Ach ní thuigim an díogras atá ionat glacadh le gach plean dá chuid, sin an méid.'

'Is deis é dúinn aithne níos doimhne a fháil ar chultúr na Síne.'

'Is deis é duitse aithne níos fearr a fháil ar Ghearóid.'

'Le do thoil,' a deir sí, 'ná tosaigh an ráiméis sin arís. Ní rollchóstóir atá i gceist. Cén fáth a dtabharfainn cuireadh duit dá mba rud é gur suirí le Gearóid a bheadh uaim? Tá aithne aige ar dhaoine, an dtuigeann tú? Tá aithne aige ar an údarás. An bhfuil a fhios agat, tá cumas Sínise aige. Mandairínis! An teanga is tábhachtaí ar dhomhain!'

'Tá an bholscaireacht ceannaithe agat.'

'Tá aigne oscailte agam. Feicfidh tú gur fiú é. Agus geallaimse duit, ní bheidh aon rollchóstóir i gceist. Coimeádfaimid ár gcosa ar an talamh.'

'Áthas orm é sin a chloisteáil,' a deir Murchadh, ag éirí, de shearradh a ghuaillí.

15

Laistigh den uair tá siad i dtacsaí, ar a slí go dtí an Chathair Thoirmiscthe. Ligeann Murchadh do Denise an chaint a dhéanamh le fear an tacsaí. Tá sí breá ábalta chuige. Mar atá beartaithe, fágann an tacsaí iad ag Geata Tiananmen, ar imeall Chearnóg Tiananmen, taobh leis an gCathair Thoirmiscthe. Tá Gearóid ina sheasamh ansin, néata i gculaith éadaí mhionstríocach. Armani? Gucci? Is deas deas an chulaith í. Taobh le Gearóid tá fear Síneach ina sheasamh.

'Go hiontach sibh a fheiscint arís,' a deir Gearóid. Ní dhéanann sé aon tagairt don oíche atá thart. 'Agus seo,' a deir sé, 'seo an tUasal Wu. Is oifigeach de chuid an údaráis é. Tá aithne againn ar a chéile le tamall anuas. Tabharfaidh sé aire dúinn, agus tuigeann sé nach gnáth-aíonna sibh.'

In ionad croith lámha, déanann an tUasal Wu a cheann a chromadh. Ach nuair a thosaíonn sé ag caint, tagann na focail aniar aduaidh ar gach aon duine.

'Co-nas a-tá sibh?' a deir an tUasal Wu, de mheangadh gáire.

'Bhabh!' a deir Denise os íseal.

'Nach iontach é sin?' a deir sí, arís os íseal. 'Cuireann a chuid Gaeilge Banríon Shasana i gcuimhne dom.'

'Agus,' a deir Murchadh de chogar, 'cuireann do fhreagra Máire Nic Giolla Íosa i gcuimhne domsa.'

'Táimid go maith, go raibh maith agat,' a deir Murchadh ansin, ag féachaint ar an Uasal Wu, a leanann leis an meangadh gáire.

'Gaeilge Bhéising atá ag an Uasal Wu,' a deir Gearóid. 'Tuigfidh sibh go bhfuil sé ach ag foghlaim go fóill. Ach tá Béarla ar a thoil aige.'

'Bí cinnte,' a deir Murchadh, 'go bhfuil a chuid Gaeilge i bhfad níos fearr ná ár gcuid Sínise.'

'Labhair ar do shon féin!' a deir Denise le Murchadh, ag tabhairt uillinn dó.

'Téanam orainn anois,' a deir Gearóid, agus tosaíonn siad ag siúl. Níl ach cúpla coiscéim curtha díobh acu nuair ba bheag nach dtuislíonn Denise. Síneann sí amach a lámh chun í féin a chosaint agus beireann sí greim ar an Uasal Wu. Léimeann sé de gheit, agus tá ar Mhurchadh é féin síneadh amach chun titim Denise a bhriseadh. Thar ceann gach éinne iarrann Gearóid ar an Uasal Wu a leithscéal a ghabháil.

'Ní hionadh go bhfuil sé deacair ort bheith ag siúl,' a deir Murchadh le Denise. 'Na bróga atá á gcaitheamh agat!'

Tá na sála tuairim is ceithre orlach in airde. Agus iad sin á gcaitheamh aici, chomh maith lena gúna gearr, tá a héide níos oiriúnaí do oíche rince i Sráid Líosain ná do thuras treoraithe i gCathair Thoirmiscthe Bhéising.

Féachann Murchadh i dtreo na spéire. Míníonn Gearóid don Uasal Wu gur an rud is fearr dóibh go léir ná siúl go mall.

Tairgeann Murchadh a lámh do Denise.

'Tóg é,' a deir sé. Déanann Denise gáire beag. Seans gurb é seo an chéad uair dó a lámh a thabhairt di ón lá úd ar an mBalla Mór. Fiú mura bhfuil i gceist aige an uair seo ach í a choimeád ó bheith ag titim.

Tógann Denise lámh Mhurchadh, agus láithreach bonn casann Murchadh go Gearóid.

'An bhfuil sé ceart go leor go dtógaim lámh Denise?' a fhiafraíonn Murchadh. Féachann Denise agus Gearóid ar Mhurchadh de gheit.

'Cén fáth nach mbeadh?' a deir Gearóid go míchompordach.

'Ó thaobh béasaíochta de,' a fhreagraíonn Murchadh. 'Béasaíocht chultúrga atá i gceist agam. Táimid sa tSín anois, tá nósanna difriúla anseo. Ba mhaith linn an rud ceart a dhéanamh.'

An uair seo is í Denise a chaitheann a súile i dtreo na spéire.

'Ceapaim go bhfuil sé ceart go leor do fhear lámh a mhná a bhreith go poiblí,' a deir Gearóid ina ghuth is fearr taidhleoireachta. 'I mBéising ar aon nós. B'fhéidir gur staid difriúil a bheadh ann faoin tuath. Ach níl aon fhadhb leis anseo. Dá mbeadh, déarfadh an t-Uasal Wu linn.'

'Ach tá a fhios agat,' a deir Denise. 'Níl Murchadh agus féin inár lánúin phósta. An ndéanann sé sin difríocht?'

'Ah anois,' a deir Gearóid. 'Níl freagra agam ar an gceist sin.'

Tá fonn pléasctha ar Mhurchadh. Tá air é féin a stopadh ó bheith ag rá go bhfuil lámh Denise á tógaint aige ach ar chúis amháin, agus is é sin chun í a choimeád ar a dá chos.

'An Chathair Thoirmiscthe!' a deir Murchadh de gháire. 'Is iad na bróga sin gur cheart dóibh bheith toirmiscthe!'

'Nach maith leat iad?' a deir Denise go tapaidh.

'Tá siad go breá faisiúnta, go breá faisiúnta, a chroí,' a deir Murchadh. 'Ach leo sin á gcaitheamh agat anois, bheimis chomh maith as a bheith amuigh i ndioscó.'

'Sin an sórt cainte gur mhaith liom a chloisteáil,' a deir Denise. 'Is fada ó dheineamar sin. Glúine in airde, b'fhéidir gurb é sin an rud atá uainn anseo i mBéising.'

'Tá go leor deiseanna,' a deir Gearóid. 'Mar a dúirt mé cheana. Tá i bhfad níos mó i gceist le Béising ná stair agus foirgnimh agus cruinnithe gnó. Ach anois, b'fhearr againn díriú ar an gCathair Thoirmiscthe.'

'Beidh oíche rince tuillte againn go léir nuair a bheidh sé seo thart!' a fhógraíonn Denise, fonn ina guth. Féachann Murchadh agus Gearóid go tapaidh ar a chéile. Féachann an t-Uasal Wu ar an triúr acu.

'Téanam orainn,' a deir Murchadh. 'Táimid ag tógaint na

gcoiscéimeanna céanna, anseo sa Chathair Thoirmiscthe, is a thóg ár dTaoiseach féin ó chianaibh agus é ar a mhisean trádála.'

'Bhabh!' a deir Denise go searbhasach.

'Anois a chroí,' a deir Murchadh. 'Ná bí mídhílis do cheannaire ár dtíre. Nach bhfuil cuspóir i gcoiteann agaibh?'

'Againn go léir,' a deir Gearóid. 'Aithne níos fearr a fháil ar an tír thábhachtach seo.'

'Agus is féidir bheith cinnte,' a deir Murchadh, agus é ag féachaint ar Denise, 'gur coischéimeanna níos compordaí a bhí á dtógaint ag an Taoiseach ná mar atá á dtógaint agatsa, a ghrá. Mholfainn bróga ciallmhara as seo amach.'

Déanann Gearóid gáire. Feiceann an tUasal Wu cad atá i gceist agus déanann sé siúd gáire freisin. Ní deir Denise faic. Ansin tugann Gearóid comhartha cinn don Uasal Wu.

*

'Bhuel,' a deir an tUasal Wu i mBéarla mall. 'Fáilte romhaibh go Béising. Is pléisiúr dom é an Chathair Thoirmiscthe a thaispeáint daoibh. Feicimid foirgnimh, geataí, hallaí, páláis agus gáirdíní fairsinge, tabharfaidh mé cur síos orthu mar is cuí, agus beidh mé sásta bhur gceisteanna a fhreagairt. Anois, ar aghaidh linn.'

Agus leanann an chuairt ar an gCathair Thoirmiscthe ar aghaidh gan tuilleadh conspóide. Fanann Denise ar a dhá chos agus tá Murchadh in ann díriú ar na geataí, na hallaí, na páláis agus na gáirdíní fairsinge, a cheisteanna a chur agus deis a thabhairt don Uasal Wu cíoradh ríshuimiúil a thabhairt ar scéal staire na Cathrach Thoirmiscthe. I sprid na cumarsáide, tá a cheisteanna féin ag an Uasal Wu ar iontais ailtireachta na hÉireann, ach nuair a fhiafraíonn an Síneach an bhfuil aon áit ar nós na Cathrach Thoirmiscthe in Éirinn tá fonn ar Mhurchadh tagairt a dhéanamh do Bharra an Teampaill. Tuigeann Murchadh anois gur eisean atá, i slí, i ról ambasadóra ar son na hÉireann, agus labhraíonn sé le fonn. Tá gach cúis ag Denise bheith bródúil as. Tá Gearóid tuillteanach éisteacht leis fiú.

Dar ndóigh bíonn Murchadh cúramach gan an chaint ar fad a dhéanamh. Aithníonn sé go bhfuil ceisteanna ag Gearóid chomh maith, bíodh go bhfuil gach seans go bhfuil mórchuid an eolais ag Gearóid cheana. Agus aithníonn Murchadh gur aíonna iad triúr ag an Uasal Wu.

Níl mórán cainte ó Denise, í ag díriú, gan amhras, ar fanacht ar a dhá chos.

'Anois,' a deir an tUasal Wu, agus iad ag teacht chun deireadh na cuairte ar an gCathair Thoirmiscthe. 'An bhfuil aon cheisteanna scoir ag aon duine díobh?'

Ardaíonn Denise a guth don chéad uair.

'Tá sé i gceist againn,' a deir sí, 'béile lacha rósta Peking bheith againn um thráthnóna. Cad é a chuireann an blas chomh hiontach sin air?'

Casann Gearóid i dtreo Denise. Cén sórt ceiste í sin? Féachann Murchadh i dtreo na spéire. Ceist aisteach, cinnte.

Ach níl aon fhadhb ag an Uasal Wu.

'Ceist mhaith,' a deir sé. 'Agus is féidir a rá go bhfuil na céadta blianta de chleachtadh againn anseo i mBéising leis na hoidis is fearr do lacha Peking a chur le chéile. Bhfuil a fhios agaibh gur luadh é don chéad uair mar oideas i 1330, i lámhleabhar a d'ullmhaigh Hi Situi, cigire de chistin impiriúil. Forbraíodh an t-oideas go mór ansin i rith ríshleachta Ming.'

'Sea,' a deir Denise. 'Ach –'

Beireann Murchadh greim ar a huillinn. Ba mhaith leis go mbeidh sí foighneach.

'Tiocfaidh mé go dtí an pointe,' a deir an tUasal Wu. 'Ramhraítear na lachan, agus tar éis iad a mharú déantar iad a shruthlú le huisce agus ansin scartar an tsaill ón gcraiceann, déantar iad a mhaothú in uisce atá ag beiriú, ansin déantar iad a ghloiniú i sioróip mhaltósa.'

Éisteann Murchadh go cúramach. Tá eolas as cuimse ag an Uasal Wu. Ach tá Murchadh buartha faoi na lachan. Cén sórt saoil atá acu agus iad beo, agus an mbíonn crúálachas ann agus iad á ramhrú? Beartaíonn sé gan an cheist a chur.

'Tar éis 24 uair an chloig,' a deir an tUasal Wu, 'déantar an lacha a róstáil arís, in oighean, sula gcócaráiltear go mall í, agus ar deireadh dáiltear amach le siúcra í agus anlann gairleoga, de ghnáth le peancóga galaithe, anlann de phónairí milse...'

Stopann an tUasal Wu.

'Agus –' a deir sé. Tá focal á lorg aige. Casann sé go Gearóid agus deir rud éigin sa tSínis leis. Smaoiníonn Gearóid bomaite, ansin freagraíonn Gearóid sa tSínis chomh maith. Sínis!

Gealaíonn aghaidh an Uasail Wu.

'Oinniúin earraigh!' a deir sé de mheangadh gáire. 'Sin an focal a bhí uaim.'

'Agus conas nach mbeadh blas iontach ar lacha rósta le oinniúin earraigh ann?' a deir Gearóid de mheangadh gáire níos leithne fós.

A Dhia na bhfeart, a deir Murchadh leis féin.

'Agus,' a deir Gearóid, é siúd faoi lán seoil anois. 'Tá scéal polaitiúil ag baint le lacha Peking. Deirtear gur chabhraigh sé le dea-mhéin a chothú idir Meiriceá agus an tSín go luath i mblianta na seachtóidí. Bhí Aire Stát Mheiriceá Henry Kissinger ar a chéad chuairt ar an tSín i gcóir réamhchainteanna i mBéising idir ionadaithe rialtais Nixon agus ionadaithe de chuid Phríomh-Aire na Síne Zhou Enlai. Ach tar éis maidine deacair ní raibh an dá thaobh ar chomhaigne. Tugadh lacha Peking don toscaireacht don lón agus de réir dealraimh réitíodh gach rud san iarnóin, tugadh cuireadh don Uachtarán Nixon cuairt a thabhairt ar an tSín agus cuireadh tús le ré nua i stair thaidhleoireachta.'

Casann Murchadh i dtreo Ghearóid, a malaí ardaithe. An gceadaíonn an prótacal cuí do Ghearóid scéilín den saghas sin a insint agus iad i dteannta an Uasal Wu? Ní deir an tUasal Wu aon ní. Beartaíonn Murchadh gur chóir dó an t-ábhar a athrú, ceist neamhchonspóideach a roghnú.

'A Uasal Wu,' a deir Murchadh. 'Cuireann sé sin ceist i gcuimhne dom. Agus mé i mo bhuachaill óg, ghlaotaí Peking ar bhur bpríomhchathair. Cathain agus cén fáth gur athraíodh an t-ainm ó Peking go Béising?'

'Bhuel,' a deir an tUasal Wu. 'Ní hé gur athraigh an chathair a hainm. Is é gur athraíodh an litriú. Tar éis bhunú Dhaon-Phoblacht na Síne i 1949, chuir an rialtas córas traslitrithe pinyin i bhfeidhm, agus bhaineadar úsáid as seo chun ainmneacha a scríobh san aibítir Laidine. Agus mar sin tá athrú beag sa litriú, ach tá an fhoghraíocht mar an gcéanna. Ach rinneadh an t-athrú i bhfad ó shin, cé nach raibh sé go dtí na hochtóidí go dtí gur chuir an tSín i bhfeidhm é go hidirnáisiúnta.'

'Dar ndóigh,' a deir Murchadh. 'Níl aon rud go speisialta casta faoin athrú ainm sin. Smaoinigh, mar shampla, ar Byzantium go Constantinople go Istanbul.'

'Nó St Petersburg go Leningrad go St Petersburg,' a deir Gearóid.

'Cassius Clay go Muhammad Ali,' a deir Murchadh.

'Gearóid go Geoff,' a deir Denise.

Briseann gáire ar aghaidh Mhurchaidh. Ní deir Gearóid faic. Gan amhras tá an sórt rud seo cloiste aige cheana.

'Ceart go leor,' a deir Gearóid. 'Ceart go leor. Is féidir linn an tUasal Wu a spáráil ónár gcomhluadar anois, tá sé tar éis cur suas linn ar feadh fada go leor.'

Deir Gearóid cúpla focal sa tSínis leis an Uasal Wu, brúnn cúpla cnaipe ansin ar a ghuthán agus laistigh de tríocha soicind tagann carr mór groí suas in aice leo, fuinneoga dorcha. Tá sé in am slán a rá leis an Uasal Wu.

Malartaíonn an ceathrar acu meangadh gáire, osclaítear doras paisinéara ar an gcarr, umhlaíonn an tUasal Wu don triúr acu, agus isteach sa charr leis.

'Bhí sé sin thar cinn,' a deir Murchadh, ach tá sos uaidh anois.

'Agus anois, bhuel,' a deir Gearóid. 'Tá an tráthnóna linn... d'fhéadfaimís ithe. Céard faoin lacha rósta sin?'

16

'Ba bhreá liom!' a deir Denise. Sa ghnáthchúrsa an freagra a bheadh aici ná a rá gur mhaith léi filleadh ar an óstán agus a héadaí a athrú sula gcaitheann siad an bhéile, go háirithe agus an lá caite ar thuras stiúrtha sa chathair. Ach an uair seo tá an oiread sin ocrais uirthi nar mhaith léi fanacht. Agus aithníonn Murchadh go bhfuil ocras air féin chomh maith.

'An bhfuil aon chúis againn gan lacha rósta a ithe?' a deir Gearóid de mhagadh, ar nós réiteora i mórchluiche rugbaí agus é ag cur aithne ar an gceamara taobhlíne maidir le úd a cheadú nó gan a cheadú. Seal Mhurchaidh atá ann searradh a bhaint as a ghuaillí. Nach rómánsúil an coincheap atá ann, a smaoiníonn sé go searbhasach, an triúr againn le chéile!

Ach ní deir sé aon ní. Brúnn Gearóid cnaipe eile ar a ghuthán agus laistigh de dhá nóiméad tagann tacsaí. Sular féidir le Murchadh aon agóid a dhéanamh tá an triúr acu sa ghluaisteán agus treoracha tugtha ag Gearóid don tiománaí. Sa tSínis, ní gá é a rá.

Nuair a fhágann an tacsaí iad lasmuigh den bhialann Red Swan féachann Murchadh timpeall ar an meal siopadóireachta atá taobh leo, na sluaite de dhaoine mar a bheadh beacha ann timpeall ar choirceog, agus déanann sé iarracht a shamhlú conas a bheadh sé bheith mar dhuine díobh. Dá mbeadh sé, is féidir bheith cinnte nach mbeadh riamh cloiste aige faoi Éire, ní bheadh aon eolas aige faoin oileán úd san Aigéan Atlantach Thuaidh, an t-oileán gurb é croílár na cruinne, an t-oileán a thug don domhain Lá Fhéile Pádraig, beorach dubh, laochra éagsúla, Riverdance agus an baothshorcas ar a nglaotaí an Tíogar Ceilteach. Agus go raibh, laistigh den oileán eisiach céanna, dream níos speisialta fós, an Leabharlann Dlí, agus gurb í an Leabharlann Dlí bunchloch gach rud a bhí tábhachtach sa tsochaí eisiach sin.

Agus é ina speisialtóir i ndlí ar cheadúnas licéir, ba mhaith leis a cheapadh go bhfuil saineolas aige a bhaineann go bunúsach le saol na hÉireann. Níl aon sruth cruthaitheachta mar alcóil. Tugann na tithe tábhairne na filí dúinn, cuireann na filí an fhilíocht ar fáil, agus is filíocht í scéal na hÉireann. Is fíor é nach bhfuil an cheannasaíocht ag tithe tábhairne mar a bhí tráth. Is féidir an milleán a chur ar an gcosc ar thobac a chaitheamh, nó is féidir an milleán a chur ar tástáil randamach anála, nó ar na siopaí eischeadúnais. Dar ndóigh, níl an tionchar ag Éirinn féin uirthi mar a bhíodh tráth. Ní braitheann sí ar a tarraingteacht a thuilleadh. Tá uirthi brath ar chabhair ó fhórsaí eile agus, olc maith nó dona, ciallaíonn sé sin bheith ag suirí leis an tSín agus lena leithéid.

Is cuimhin le Murchadh na saoire teaghlaigh go Londain agus é in aois a deich, eisean agus a thuismitheoirí i siopa leabhar i Charing Cross – bhí sé i gcónaí tógtha leis na leabhair – agus é ag aimsiú leabhar tairngreachta, ceann de na bogchlúdaigh gháifeacha a raibh éileamh orthu sna seachtóidí. Bhí na buaicphointí liostálta ar chúl an leabhair. Bhí roinnt dóibh thar a bheith aisteach. Bhí siad siúd dearmadta aige. Ach is cuimhin leis go fóill an ceann a dúirt go gcloífeadh an tSín Dearg an domhain uile sa bhliain 2025.

An tSín Dearg! 2025! Bhabh!

Níl neart ag Murchadh ar an scéal agus, díreach anois, tá sé siúd ocrach freisin, ró-ocrach fiú le cur i gcoinne pláta lacha rósta Peking.

*

Isteach leo trí dhoras an Red Swan go dorchla fairsing galánta. Ar an bhfalla ar a dtaobh deas tá craiceann chait ollmhóir, cruth leon air, eireaball fada, crúba géire. Ach ní leon atá ann. Díríonn Murchadh a mhéar ar na stríocaí ar an droim.

'An Tíogar Ceilteach,' a deir Murchadh. 'Suaimhneas síoraí dó.'

'Tá tú thar a bheith glic,' a deir Denise de gháire.

Ní dhéanann Gearóid ach meangadh.

*

Tógann an freastalaí, é i *tuxedo*, an triúr go dtí an t-aon bhord amháin atá saor, agus labhraíonn Gearóid go tapaidh leis sa tSínis. Déanann an freastalaí a cheann a sméideadh.

'Cad dúirt tú?' a fhiafraíonn Murchadh.

'Faic,' a deir Gearóid. 'D'iarr mé air crúiscín uisce a fháil.'

'Sin díreach an rud atá uaim,' a deir Denise.

'Uisce?' a deir Murchadh. 'Nach moltar gan?'

'Uisce an rud atá uaim,' a deir Denise arís.

'Cad atá níos fearr ná gloine uisce fuar?' a fhiafraíonn Gearóid.

'Ach nach moltar gan an t-uisce a ól?' a deir Murchadh.

'Cé a mholann gan é a ól?' a deir Gearóid.

'Sna leabhair, sna treoracháin, dóibh siúd atá ag taistil go dtí tíortha mar an tSín.'

'Bhuel a Mhurchaidh, a chara, tá an t-uisce á ól agam le tamall maith anois agus táim fós fial folláin,' a deir Gearóid.

'Tá an iomarca á léamh agat, a stór,' a deir Denise le Murchadh.

Filleann an freastalaí le crúiscín agus le trí ghloine. Deir Murchadh go mbeidh Coca-Cola aige ina ionad.

'Bhuel bhuel, sin rogha folláin,' a deir Denise, le faobhar ina guth.

'Déanfaidh mé mo rogha rud,' a deir Murchadh. 'Tír shaor atá inti.'

'Áthas orm é sin a chloisteáil,' a deir Denise. 'Ní hé sin an port a bhí á sheinm agat ó chianaibh.'

'A dhaoine uaisle,' a deir Gearóid. 'Bíodh síocháin eadrainn. Tá sibh ar saoire.'

D'fhéadfadh Murchadh go leor rud a rá faoin taidhleoir seo, achbeartaíonn sé fanacht ina thost. Agus leis an tarraingteacht atá chomh riachtanach dá cheird, díríonn Gearóid an comhrá i dtreo ceisteanna níos neamhdhochracha, ar nós straitéis pholaitiúil na

Síne i dtreo an Choiré Thuaidh.

Nuair a thagann an lacha rósta, titeann ciúnas arís, mar tá adharc ocras ar an triúr. Agus níl aon chonspóid faoi chaighdeán an bhéile.

'Nuair a fhillimid ar Bhaile Átha Cliath,' a deir Denise ag deireadh an bhéile, 'beidh orm mo nósanna a athrú.'

'Lacha rósta gach seachtain?' a fhiafraíonn Murchadh.

'Bí cinnte nach mbeidh. Uisce agus glasraí a bheidh i gceist. Ní oirfidh aon cheann de mo ghúnaí orm má leanaim ar aghaidh mar seo.'

'Agus cad atá de do stopadh anois?' a deir Murchadh.

Féachann Denise air go dorcha.

'Féachann tú go breá mar atá tú,' a deir Gearóid, ag breathnú uirthi. 'Ná bí dian ort féin.'

Caitheann Denise miongháire i dtreo Ghearóid, ansin féachann sí ar ais ar Mhurchadh, amhail agus go bhfuil moladh á thabhairt aici dó aird a thabhairt as seo amach ar cad a deir Gearóid.

Gearóid. Geoff. An Fear Séimh.

'Táimid ar saoire, a stór,' a deir Denise le Murchadh. 'Agus go dtí go bhfillfimid abhaile, nílim chun béile de lacha rósta Peking bheith agam ar mo choinsias.'

'Tá go maith,' a deir Murchadh le searradh dá ghuaillí. 'Ní rabhas ach ag iarraidh bheith cabhrach.'

'Agus idir an dá linn,' a deir Denise, 'ba mhaith linn an tairbhe is fearr a bhaint as bheith sa tír thábhachtach seo, sa chathair iontach seo.'

'Ba mhaith *linn*' –fanann na focail le Murchadh. *The royal we*, mar a déarfá.

*

'Anois,' a deir Denise. 'Táimid tar éis lá fada bheith againn, agus níor mhiste liom é a thógaint go bog amárach.'

'Ní bhfaighidh tú aon ghearán uaimse,' a deir Murchadh.

'Tá sos tuillte agaibh,' a deir Gearóid.

'Beidh tú in ann do scíth a ligint, a stór,' a deir Denise, ag féachaint ar Mhurchadh. 'Agus b'fhéidir go ndéanfaidh mé roinnt siopadóireachta. Tá cloiste agam go bhfuil málaí láimhe den scoth ar fáil i mBéising. Nach bhfuil, a Ghearóid?'

'Tá togha,' a deir Gearóid. 'Déarfainn féin nach bhfuil cuairt aon mhná ar an tSín, agus ar Bhéising go háirithe, ina iomláine mura gceannaíonn sí ar a laghad mála láimhe amháin.'

An Fear Séimh arís.

Leis sin tarraingíonn Gearóid amach a fhillteán airgid agus tógann cárta amach as.

'Níl aon áit níos fearr ná an áit seo,' a deir sé, ag aimsiú ar an scríbhneoireacht ar an gcárta. 'Gheobhaidh tú na málaí láimhe bréige is fearr ar domhan, geallaimse duit.'

Éiríonn Denise dá cathaoir de phreab agus leis na sála arda á gcaitheamh aici go fóill is dóbair go dtiteann sí. Ligeann sí scread áthais, ansin suíonn sí arís. Beireann sí greim riosta ar Ghearóid, fáisceann sí an riosta go tapaidh agus, go cúthaileach, scaoileann sí arís é.

'Málaí láimhe bréige!' a deir sí. 'Ní féidir liom smaoineamh ar aon rud níos fearr!'

'Céard faoin bhfíor-rud?' a deir Murchadh, de osna.

Ach ní chuireann Denise aon aird air. Tógann sí an cárta ina lámh. Níl scriota air ach na focail 'Madam Fragrant', i scríbhinn iartharach, agus uimhir ghutháin.

'Fiontar beag atá ann,' a deir Gearóid. 'Tugann siad seirbhís faoi leith do chustaiméirí iartharacha.'

'Seirbhís níos daoire, gan amhras,' a deir Murchadh.

Amhail agus nár labhair Murchadh ar chor ar bith, leanann Gearóid leis an gcaint.

'Is féidir leat bheith cinnte,' a deir sé, 'go mbeidh Béarla ag an duine a fhreagraíonn má chuireann tú glaoch ar an uimhir seo.'

'Agus cad a tharlóidh ansin?' a fhiafraíonn Denise.

'Tabharfaidh sé na treoracha duit. An seoladh, conas teacht ar an áit.'

'Ach nach mbeidh sé chomh héasca na treoracha sin bheith ar an gcárta féin?'

'Seirbhís speisialta atá ann,' a deir Gearóid. 'Níl sé dírithe ar an domhan mór. Mar a dúirt mé, freastalaíonn siad ar chustaiméirí faoi leith.'

'Custaiméirí iasachta amháin?' a fhiafraíonn Murchadh.

'Ní hea,' a deir Gearóid, ag glacadh an uair seo le fiosruchán Mhurchadh. 'Tá leagan Sínise den chárta céanna agam, agus tá fáilte roimh Shínigh an tseirbhís a úsáid chomh maith.'

'Ach céard faoin bpraghas –'

Briseann Gearóid isteach ar chaint Mhurchadh.

'Ní bí buartha, a Mhurchaidh, níl aon lacáiste don cheannaitheoir Síneach. Éilítear an praghas céanna ó chustaiméirí Síneacha is a éilítear ó chustaiméirí iasachta. Tuigfidh sibh, áfach, nach mbeidh an cumas céanna ag an ngnáthshaoránach Síneach na praghsanna cuí a íoc. Mar sin féin, is féidir bheith cinnte go bhfuil málaí láimhe bréagacha ar fáil ón bhfiontar seo ar phraghsanna i bhfad níos réasúnta ná mar atá in áiteanna eile.'

'Mbeidh tú in ann é a chur ar do chlár dúinn? Amárach, b'fhéidir?' a fhiafraíonn Denise de Ghearóid.

Déanann Murchadh a mhéarchosa a chornadh. An mbeidh aon

stop lena héilimh?

'Ba bhreá liom,' a deir Gearóid. 'Ach ní bheidh mé saor amárach. Ná ar an lá dar gcionn. Tá orm bheith i mbun chúrsaí Ambasáide.'

'Tá go maith,' a deir Denise, ag teip uirthi a díomá a cheilt.

'Ní bheidh aon fhadhb agaibh,' a deir Gearóid. 'Cabhróidh Murchadh leat. Beidh sé níos fusa beirt bheith ar an tasc seo ná duine amháin.'

'Tá go maith,' a deir Denise arís. 'Níl sé casta, an bhfuil?'

'Níl ar chor ar bith,' a deir Gearóid. 'Más maith leat, cuirfidh mé glaoch orthu anois agus is féidir liom coinne a dhéanamh daoibh.'

'Ach tá sé i ndiaidh a naoi a chlog istoíche anois,' a deir Denise.

'Is cuma. Beidh duine ann.'

Tógann Gearóid a fhón póca amach. 'Ní miste leat, Denise, má thugaim d'uimhir dóibh?'

'Ní miste ar chor ar bith.'

Déanann sé an glaoch. Sínis a úsáideann sé arís. Agus é i lár cainte iarrann sé ar an duine ar an taobh eile den líne fanacht nóiméad, agus casann go Denise agus Murchadh.

'Harry,' a deir Gearóid. 'Harry is ainm don fhear a bhfuilim ag caint leis. Ar mhaith libh focal bheith agaibh leis anois? Ná bí buartha, tá Béarla den scoth aige, tuigfidh sibh. Denise, b'fhéidir go bhfuil tuairim agat i dtaobh cén sórt mhála atá i gceist agat?'

Casann Denise go Murchadh.

'Do thionscnamh atá ann,' a deir Murchadh le Denise. 'Níl an chéad rud ar eolas agam faoi mhálaí láimhe.'

'Trua sin,' a deir Denise go teasaí. Níl fonn dá laghad uirthi labhairt le Harry, ach cuireann sí a haghaidh phroifisiúnta uirthi féin. Níl i gceist anseo ach comhairliúchán, idirbheartaíocht, an lionrú gnó a bhfuil taithí aici air cheana féin.

Dochreidte - tá Béarla de chanúint Cockney Londain ag Harry, agus bíonn ar Denise iarraidh air cúpla rud a rá don dara huair. Ach éiríonn léi na socruithe a dhéanamh leis. Buailfidh siad le Harry ag a trí a chlog an lá arna mhárach ag dul isteach mhargadh Yaxiu agus beidh cóta uaine agus hata dearg á chaitheamh aige. Tógann Denise amach a smartfón agus breacann sí na miontuairiscí isteach ann.

'Cóta uaine agus hata dearg!' a deir Murchadh de chuach. 'Tá sé amhail agus go bhfuilimid ag dul go dtí an sorcas.'

'Bhuel,' a deir Denise, 'ar a laghad déanfaidh sé sin cinnte de go n-aithneoimid é.'

'Is féidir libh margadh Yaxiu a shroichint ar an traen más mian libh,' a deir Gearóid. 'Stáisiún Dengshikou go stáisiún Tuanjishu. Ceantar Sanlitun. Módh níos suimiúla taistil atá ann ná bheith i dtacsaí i gcónaí. Feicfidh sibh an fhíorBhéising. Agus níos saoire, gan dabht.'

'Táim thar a bheith sásta é sin a dhéanamh,' a deir Denise.

'Is féidir libh ansin tacsaí a úsáid don turas ar ais go dtí an t-óstán,' a deir Gearóid. 'Beidh sé uaibh, agus an oiread sin ceannacháin déanta agaibh.'

Iarrann Gearóid ar an bhfreastalaí an bille a fháil. Tá lá fada nach mór thart. Nuair a thagann an bille seasann Gearóid a fhód agus diúltaíonn sé gach iarracht ó Mhurchadh agus Denise an bille a íoc. Brúnn sé na cnaipí cuí ar a ghuthán agus tagann tacsaí chun an lánúin a thógaint ar ais go dtí a n-óstán agus sula n-imíonn siad, tugann Gearóid na treoracha don tiománaí.

'Go n-éirí libh amárach le Madam Fragrant,' a deir Gearóid. 'Beidh mé i dteagmháil.'

'Goodbye but not farewell,' a deir Murchadh leis féin.

"Go n-éirí libh!" a deir Denise, ag athrá na bhfocal ó Ghearóid agus iad ag suí isteach sa tacsaí. 'Tá sé ar nós gur fheachtas míleata atá idir lámhamh againn.'

'Bhuel,' a deir Murchadh. 'Níl aon rud simplí i dtaobh málaí láimhe a fháil. Ó do iarrachtaí is léir dom gur gá mála láimhe a thuilleamh, na híobairtí cuí a dhéanamh.'

'Ná bí mar sin, a stór,' a deir Denise, ag fáisceadh uillinn Mhurchaidh. 'An chéad uair eile a théimid go rásaí na gcapall beidh an mála láimhe nua agam agus beidh tú thar a bheith bródúil. Tá a fhios agat nach féidir riamh go leor málaí láimhe bheith ag cailín.'

'Tá a fhios sin go maith agam,' a deir Murchadh. 'Beidh orainn síneadh a chur ar ár dteach sa bhaile agus seomra speisialta a thógaint.'

'Do theach,' a deir Denise.

'Gabh mo leithscéal?'

'Do theach atá ann,' a deir sí. 'Tá sé i do ainm. Agus níl aon seilbh agam air. Féach ar an Acht um Chaomhnú Áras an Teaghlaigh. Agus muid mar atá, nílim ach i mo chuairteoir agat.'

'In ainm Dé, ná bí ag caint mar sin,' arsa Murchadh de gheit, ag tógaint lámh Denise. 'Pé acu rud ar liomsa é, is leatsa freisin é.'

'Bheadh sé sin go hiontach,' arsa Denise, ag cur a lámh eile thar lámh Mhurchaidh.

Níl focal ar bith eile as ceachtar acu go dtí go sroicheann an tacsaí a n-óstán.

17

Aoine 19 Meán Fómhair

Codlaíonn siad beirt go sámh, agus go fada. Tá sé beagnach ina deich a chlog ar maidin nuair a dhúisíonn Denise. Nuair a chuireann sí a guthán ar siúl, tá téacs tagtha cheana. Ó Ghearóid. Cuireadh uaidh dóibh chuig cóisir ar an oíche arna mhárach san óstán Asia Garden. Agus, mar a deir sa téacs, deis dóibh bualadh le baill de phobal Chumann Lúthchleas Gael i mBéising.

Níl a fhios ag Denise an bhfuair Murchadh an téacs céanna cheana agus beartaíonn sí gan tagairt a dhéanamh don chuireadh, don am i láthair ar aon nós. Ba mhaith léi go mbeadh Murchadh sa sprid cheart don chuairt ar Madam Fragrant.

*

Ag deich nóiméad chun a trí tá an bheirt acu ag an dul isteach go margadh Yaxiu. Is féidir le Denise bheith an-eagraithe nuair is tionscnamh práinneach atá ann. Agus nuair a dhéanann sí na socraithe cuí ní bhíonn aon leithscéal ag Murchadh gan a pháirt a ghlacadh chomh maith. I measc na sluaite atá ag pléascadh amach i ngach treo, féachann siad amach don chóta uaine agus an hata dearg. Téann 15 nóiméad thart agus níl rian de ann go fóill.

'Fear ó Londain, an ea?' a fhiosraíonn Murchadh. 'Seans go bhfuil sé fós in aerfort Heathrow.'

'Bhuel, b'shin an guth a bhí aige,' a deir Denise, ag déanamh neamhshuime d'iarracht Mhurchaidh ar ghreann a dhéanamh. 'Ach ní mórán de chabhair é sin dúinn mura bhfuil na dathanna cearta á gcaitheamh aige.'

''Urry up 'Arry,' a deir Murchadh, agus é ach ag leathmhagadh an uair seo.

'Bhuel, aithneoidh sé sinne ar a laghad,' a deir Denise. 'Seasfaimid amach ón slua.'

'Seasann tú i gcónaí amach ón slua,' a deir Murchadh de chogar cneasta.

Déanann Denise meangadh gáire agus tugann dorn cáirdiúil do ghualainn a leannáin. 'Tuilleadh den sórt sin cainte, le do thoil,' a deir sí.

'Harry hara-kiri,' a deir Murchadh cúpla nóiméad níos déanaí. An uair seo, ní deir Denise faic.

Ag a deich tar éis a trí labhraíonn Murchadh arís, de ghuth Shakespeare. 'An é sin hata dearg a fheicim ag teacht inár dtreo?'

Is é. Fear beag atá ann, meangadh beag uisciúil á chaitheamh aige. Tá sé chomh Síneach le haon Síneach eile, seachas ina chuid cainte.

''Arry,' a deir sé, ag umhlú píosa. *'Awright? 'Ow's things?'*

Chun a chur leis an hata dearg agus an cóta uaine, tá sé ag

caitheamh bríste dubh leathair chomh teann sin go bhfuil an cuma air go bhfuil an bríste spraeáilte air. I gcluas amháin tá studa ór, sa chluas eile tá fáinne airgid. Tá mála ar nós mála láimhe ag crochadh as gualainn amháin, agus an dá riosta ag cleitearnach mar a bheadh sciathán spideoige.

Beireann sé greim an dá lámh ar Denise, agus umhlaíonn sé arís.

'Mo MHÓR-phléisiúir,' a deir sé léi. Béarla tiubh Londain.

Tá fonn ar Mhurchadh éalú, ach níl aon éalú ann. Beireann Harry greim an dá lámh ar Mhurchadh, chomh maith, féachann isteach ina shúile, umhlaíonn nach mór go talamh, ach ní deir faic.

'Ba cheart go raibh a fhios agam,' a deir Murchadh leis féin.

'Anois, le bhur dtoil,' a deir Harry ansin leo beirt, agus casann sé chun siúl, agus comhartha déanta aige leo é a leanúint.

Sular bhuail siad le Harry, bhí fonn ar Mhurchadh fiosrú a dhéanamh faoin gceangal le Londain, ach níl anois. Ba bhreá leis bheith réidh anois leis an mbeart seo ar fad. Ligeann sé do Denise an bheagchaint a dhéanamh le Harry. Agus Murchadh ag siúl cúpla slat taobh thiar den bheirt, cloiseann sé tagairtí do Mayfair agus Knightsbridge.

Ar aghaidh leo, ar chlé ar dtús go sráid chúng, caochbhealach nó dhó, ansin ar dheis go sráid eile chúng. Ar dheis arís, agus níl na sluaite daoine le feiscint a thuilleadh. Níl oiread is siopa galánta amháin le feiscint anois, agus tá an triúr acu timpeallaithe le trádstórais liatha.

Stopann Harry ag doras bán agus osclaíonn sé é. Déanann sé a cheann a sméideadh, agus isteach leo triúr.

Ach is sa srón a thugann Murchadh faoi deara gur áit speisialta atá ann. Boladh faoi leith. An túis atá ann? Pé rud é, tá sé amhail agus go raibh tobac aisteach á chaitheamh. Drugaí, an é sin an rud? Drugaí?

18

'Bhaúú!' a deir Denise, a súile dírithe ar shraith i ndiaidh sraithe de mhálaí láimhe de gach saghas. Dealraítear di go bhfuil málaí de gach lipéad branda gur fiú a fhéachaint air.

Tá cuma ghnóthach ar an áit, ach is cosúil nach bhfuil ach mná amháin, mná iartharacha, ina gcliaint agus nach bhfuil ach fir amháin, fir Shíneacha, ag freastal orthu.

'In ainm Chroim,' a deir Denise. 'Féach freisin na seilfeanna de bhróga.'

Aimsíonn Murchadh loinnir i súile a leannáin.

'Bhuel,' a deir sé le géilliúlacht. 'Bíodh spraoi agat.'

Níl freagra uaithi. Tá sé amhail agus go bhfuil sí ar neamh. Ritheann sé le Murchadh go bhfuil Denise chun a bheith gnóthach, agus go mbeidh iarnóin fhada rompu, agus tá aiféala air nar thóg sé leabhar le léamh.

Casann Denise go Harry. Tá sé ina sheasamh os a comhair, meangadh gáire ar a aghaidh. Tá a fhios aige go ndéanfar gnó leis an mbean Éireannach seo. Le gach lipéad branda a luann Denise, déanann Harry a cheann a sméideadh. Ansin cuireann sé a lámh suas amhail agus gur póilín é, agus le gáire beag, casann sé thart de phreab, agus tógann sé greim láimhe ar Denise, greim láimhe den stíl nach bhfeictear go poiblí sa tSín. Den stíl a deir go bhfuil aithne mhaith aige ar mhálaí láimhe a réitíonn le mná ón iarthar, go bhfuil taithí idirnáisiúnta aige ar an ábhar, agus go bhfuil sé chun na málaí láimhe is deise ar domhan a thaispeáint di.

Cé go mbíonn sé de nós ag Denise iarracht a dhéanamh cúpla focal Sínise a úsáid, ní bhacann sí leis sin anois. Is Béarlóir é Harry ar aon nós, agus luann sí cúpla lipéad branda dó agus fiafraíonn sí de cá bhfuil siad le haimsiú. Díríonn sé a mhéar ar aghaidh, agus ansin ar chlé. Casann Denise ansin go Murchadh.

'Téanam ort,' a deir sí leis. 'Nílim chun a bheith ag brath ar Harry amháin. Ba mhaith liom do thuairimí chomh maith.'

'Pé rud is mian leatsa,' a deir Murchadh go cneasta, ag iarraidh a mhífhoighne a choimeád faoi cheilt.

'Is mian liom bheith chomh gleoite agus gur féidir liom a bheith,' arsa Denise. 'Beidh tú bródúil asam.'

Ar aghaidh leo triúr, Harry le Denise, Harry ag caint an t-am ar fad, Murchadh ag leanúint na beirte, go dtí go sroicheann siad raca málaí. Tógann sé suíochán fad is a dhéanann Denise cuardach.

Tar éis deich nóiméad ardaíonn Murchadh a cheann. Feiceann sé Harry le mála beag buídhonn ina lámh, á thaispeáint do Denise, ag déanamh cur síos drámatúil ar an mála céanna, ag taispeáint di na strapaí agus na búclaí, ansin ag tabhairt cuimilt bhoise don mhála mar a dhéanfaí le piscín. Agus ag síor-chaint.

'Let's say yar owt fah dinner,' cloiseann Murchadh guth Harry, *'with*

yar 'usband...' Leis na focail seo feiceann Murchadh súile Denise casta go géar ina threo féin. Ní dhéanann sí Harry a cheartú, ach casann ar ais chuige agus ligeann dó leanúint leis an gcaint. *'This is the bag to be seen with.'* Agus tá sí ag aontú leis, le claonadh bríomhar dá ceann.

Déanann Murchadh meangadh beag uisciúil agus féachann sé ar a bhróga. Díríonn a smaointe i dtreo an iliomad rudaí níos suimiúla gurbh fhéidir leis bheith á ndéanamh.

Tá sé ar tí titim ina chodladh nuair a chloiseann sé a ainm á ghlaoch. Tá Denise ina seasamh os a chomhair, greim aici ar mhála láimhe beag bán.

'Cad a cheapann tú?' a fhiafraíonn sí.

'Féachann tú go hiontach,' a deir Murchadh.

'Mo bhuíochas leat as sin,' a deir Denise. 'Ach ba mhaith liom do thuairim ar an mála.'

'Réitíonn sé go deas leat,' ar seisean.

'B'fhéidir go mbeadh orm bróga bána a chaitheamh leis, an dóigh leat?' a fhiafraíonn Denise, le himpí ina guth.

Agus smaoiníonn Murchadh ar bheith ina fhinné sa chúirt, faoi léigear ó cheisteanna deacra, an baol ann go dtabharfaidh sé freagra nach n-oireann. Níl saineolas aige ar fhaisean na mban, agus tá a fhios aige féin go bhfuil sé sin ar eolas go maith ag Denise freisin.

'Murchadh, a stór, táim ag braith ar do thuairim. Tá sé tábhachtach dom.'

Titeann sé isteach sa ghaiste.

'Bhuel,' a deir sé. 'An é bán an dath a oireann duit?'

'Is féidir é a bheith,' a deir Denise, faobhar ina guth. 'Is féidir é a bheith.'

Seasann sí os a chomhair. Ansin díríonn sí a súile i dtreo na síleála. Cad atá thuas ansin? Féachann Murchadh sa treo céanna. Níl le feiscint ach bíomaí. Bíomaí ísle. Fainic do cheann. Faoin am go n-íslíonn sé a shúile arís tá Denise tar éis casadh timpeall, an mála bán a fhágáil ar leataobh, agus tá cuardach nua idir lámha aici. Is féidir leis í a fheiscint ach le deacracht, í nach mór i bhfolach taobh thiar de raca de mhálaí donna. Éiríonn sé chun dul chuici, bheith léi, bheith ullamh le tuilleadh ceisteanna a fhreagairt, a thuairimí a thairiscint más iad siúd atá uaithi.

'Ah, tú féin atá ann,' a deir sí.

'Mise,' a deir sé. 'Níor thaitin an mála bán leat?'

'Bhuel,' a deir sí. 'Níor thug tú an freagra ceart. Is abhcóide thú. Tuigeann tú nuair nach gcloistear an freagra atá á lorg. Beidh orainn iarracht eile a dhéanamh.'

'A stór,' arsa Murchadh. 'Pé mála gur mhaith leat, tá sé sin go breá liomsa.'

'Ba mhaith liom,' a deir sí, 'go bhféachfaidh tú agus go dtabharfaidh tú do bhreithiúnas ionraic.'

'Chomh fada is a réitíonn sé le do bhreithiúnas féin,' a deir sé, le gáire. 'Bheifeá féin i do abhcóide maith. Ní chuireann tú aon cheist nach bhfuil freagra na ceiste ar eolas agat cheana féin.'

Ní thugann Denise freagra. Filleann sí ar na málaí. Tar éis tamaill aimsíonn sí ceann beag de dhath donn, búclaí órga air. Seasann sí ansin os comhair scátháin, ar nós mainicín ar ardán taispeána, ag féachaint i dtreo amháin, ansin i dtreo eile, an mála thar a gualainn chlé, ansin thar an ngualainn dheas. Ardaíonn Murchadh a shúile ach déanann sí neamhshuim de. Tá sé amhail agus go bhfuil sí ina haisteoir ar an stáitse, le lánmhuinín aici as na céimeanna atá á dtógaint aici, ach freisin amhail agus go bhfuil a cosa, a lámha, ag fiafraí de 'féach orm', í aclaí cosúil le mar a bheadh cliobóg ar mhóinéar earraigh. Tá a meon i bPáras, i Milan, os comhair na gceamaraí agus na splancbholgán. Ní léir an bhfuil sí ar a suaimhneas nó nach bhfuil.

*

'Tá sé sin go deas,' a deir Murchadh. Ach ní thagann aon fhreagra uaithi. Tá sé amhail agus go bhfuil sí fós ar an ardán taispeána.

Éiríonn Murchadh. Ba mhaith leis go bhfillfeadh an fíor-Denise, an Denise a bhfuil aithne aige uirthi. Seasann sé os a comhair.

'Bhuel?' a deir sé.

'Uh,' a deir sí, í ag stopadh go tobann. Féachann sí air, agus tógann stracfhéachaint ar an mála atá thar a gualainn aici. 'Ceart go leor cad a cheapann tú?'

'Ceapaim go bhfuil tú go gleoite pé mála a thógann tú,' a deir sé.

'An bhfuil do rogha aimsithe agat?'

'Beagnach,' a deir sí. 'Sea, is maith liom an ceann seo.'

'Más féidir linn cinneadh a bheith againn go luath,' a deir Murchadh, 'bheadh sé sin go breá.' Tá go leor aige den áit seo.

'Ní gá duit labhairt mar sin,' a deir sí.

Tá an bheirt acu ar ais chucu féin arís. Faoi dheireadh, roghnaíonn Denise dhá mhála.

'Ní fhéachann siad mórán difriúil ó chinn eile atá agat sa bhaile,' a deir Murchadh.

'Is den dearadh céanna iad,' a deir Denise. 'Mulberry. Chloé. Ach amháin go bhfuil na cinn seo ar phraghas atá thar a bheith réasúnta.'

'Cé mhéad atá orthu?'

'Triocha dollar.'

'Triocha dollar!' Tá Murchadh ullamh titim as a sheasamh.

'Hanam an diabhail,' a deir sé. 'An Nollaig seo caite ní raibh aon rud chun tú a shásamh ach mála Mulberry dar luach ceithre figiúir, agus tú de m'ordú mar a bheinn faoi ghlas eiteoigeach é a fháil duit. Agus anois tá tú sásta coinne a dhéanamh le fear aisteach agus dul ag treabhadh i gcúlshráideanna agus caochbhealaí i mBéising agus leagan bréagach den rud céanna a fháil ar an gcostas céanna is a bheadh ar dhlúthdhiosca!'

'Tuigfidh tú a stór,' a deir Denise, 'nach bhfuil sé chomh simplí sin. Mo thionscnamh atá i gceist anseo. Nílim ag iarraidh ort íoc astu!'

'Ach –'

'Ná bíodh aon áiféala ort ach an oiread as ucht an cheithre figiúir,' a deir sí. 'Agus beidh a fhios agat nach bhfuil luach ar bith gur féidir a chur ar na nithe is tábhachtaí.'

Sula dtugann Murchadh freagra, labhraíonn sí arís.

'Anois, tá sé i gceist agam an mála bán úd a bhreith liom,' a deir sí. 'Nílim chun dul ar ais go Baile Átha Cliath gan é. Agus freisin an ceann deas seo leis na búclaí órga. Ansin beidh focal tapaidh liom le Harry. Is féidir leat fanacht anseo.'

Ní dhéanann sé iarracht ar argóint.

Laistigh de dheich nóiméad, tagann sí ar ais.

'Mo bhrón orm as seo,' a deir sí. 'Ach tá ústeora an chreidmheasa sroichthe ar mo chárta. Féidir liom do chárta a úsáid le do thoil?'

Tarraingíonn Murchadh a chárta amach.

'Ní ghlacann siad le airgead tirim?' a fhiafraíonn sé.

'Beidh ort mo leithscéal a ghabháil. D'fhág mé mórchuid na dollar i mála láimhe eile agus tá sé sin ar ais san óstán.'

'Hmmm. Cad é an fhealsúnacht seo atá agat, nach féidir riamh an iomarca málaí láimhe a bheith ag bean?'

'Bhfuil seasca dollar tirim agat?' a fhiafraíonn sí. Níl fonn magaidh uirthi.

'Níl,' arsa Murchadh. 'Níl ach yuan Síneacha agam.'

'Trua sin,' arsa Denise. 'Dollair atá uathu uainn. Is custaiméirí idirnáisiúnta muid.'

'Agus tá do chárta creidmheasa lán?' a deir sé d'fhiosrúchán nua, iontas ina ghuth.

'Tá,' a deir sí. 'Cuimhin leat an tolg compordach sin, an ceann deas leathair Iodálach, a fuaireamar le déanaí agus a ligimid ár scíth air tráthnónta? An ceann a mbeimid ag suirí arís air, le cúnamh Dé, nuair a fhillimid ar Bhaile Átha Cliath? Bhuel, mar is eol duit, ceannaíodh é ar mo chárta.'

Féachann sí air.

'Ceart go leor,' a deir sé. 'Úsáid mo chárta. Tá na fíricí agat. Agus as go brách linn ansin as an áit seo.'

Cad a tharlóidh anois? Beidh a ainm ar an idirbheart, agus gach seans ann gur caimiléirí dainséaracha atá i mbun an fhiontair seo i mBéising. Agus, a Dhia na bhfeart, Gearóid ag margaíocht ar son an fhiontair chéanna! Málaí bréige, b'fhéidir drugaí, b'fhéidir baint acu leis na Triads, coir idirnáisiúnta, agus céard faoin mbaint le Londain? Ní bheadh aon éalú uathu i mBaile Átha Cliath. Is féidir le Murchadh na cinnlínte nuachta a shamhlú: *Abhcóide sinsearach agus a cheangal leis na Triads*. Bheadh náire ag dul leis an dainséar.

An guí deireanach atá aige ná nach mbeadh an sladmhargadh seo i dtrádstórais i mBéising mar an idirbheart is costaisí dá shaol. Tá an rún déanta cheana aige dul i dteagmháil leis an Aire má thiteann aon rud amach.

Tógann sé deich nóiméad ar Denise filleadh leis an dá mhála nua, meangadh gáire ar a haghaidh. An tsoineantacht! An bhean bhocht, ní thuigeann sí gur ag suirí le dainséar atá sí.

'Ar aghaidh linn anois,' a deir Murchadh. 'As an diabhal áit seo.'

'Cinnte. Tógfaidh Harry ar ais go margadh Yaxiu muid.'

'Harry arís?' arsa Murchadh. 'An bhfuil orainn brath ar Harry gach rud a dhéanamh dúinn?'

'Gabh mo leithscéal?' ar sise.

'An chéad rud eile ná go mbeidh tú ag tabhairt cuiridh dó teacht ar chuairt orainn in Éirinn,' a deir Murchadh go cráite. 'Seisean agus a chairde, iad go léir amach is amach ar dhrugaí.'

'Níl a fhios agam cad atá i gceist agat,' a deir Denise go daingean. 'Rinne an fear seo muid a thionlacan ó mhargadh Yaxiu mar tá an áit seo i gcroílár chúlsráideanna ceann de na cathracha is mó ar domhan, áit ina labhraítear teanga nach dtuigimid, áit ina úsáidtear aibítir nach féidir linn a léamh. Agus tá sé tar éis tairiscint a dhéanamh ar sinn a thionlacan ar ais go dtí an margadh. Agus tá glactha agam go buíoch leis an tairiscint sin mar gan é rachaimid ar strae.'

'Nach féidir linn tacsaí a fháil?' a deir sé.

'An bhfaca tú oiread is tacsaí amháin agus muid ar ár slí anseo?' a deir sí.

Ciúnas.

'Mise ach an oiread,' a deir sí.

Leis sin, tagann Harry, agus ar aghaidh leo. Ní deir Murchadh a thuilleadh go dtí go bhfágann Harry iad le dul ar ais isteach chuig margadh Yaxiu.

'Dála an scéil,' a deir sé ansin, agus é ag caitheamh súl ar na focail atá scríofa ar an mór-mhála siopadóireachta atá á bhreith ag Denise, 'cé hí Madam Fragrant?'

'D'fhágamar slán leis dhá nóiméad ó shin,' a deir Denise.

19

Agus iad fillte ar an óstán, caitheann Murchadh é féin ar an leaba.

'Tuirseach, an ea?' a deir Denise.

Dá mbeadh Murchadh mar a bhíodh agus é ina fhear níos óige bheadh freagra searbhasach aige do Denise. Ach tá sé róchríonna anois don iompar sin. Ar aon nós, níl an fuinneamh aige bheith searbhasach.

'Is ea,' a deir sé.

'Nach ait é sin,' a deir Denise. 'Agus tú ach ar do sháimhín só le cúpla uair an chloig anuas, nuair a bhí mise gnóthach leis an tsiopadóireacht.'

'Bhuel, nach ait an mac an saol,' a deir Murchadh.

'Beidh tú in ann úsáid a bhaint as codladh maith anocht,' a deir Denise. 'Beidh do chuid fuinnimh uait oíche amárach.'

'Cad é sin?' a fhiafraíonn Murchadh.

'An cóisir úd le *movers-and-shakers* Bhéising,' a deir Denise.

'Cóisir?'

'Cóisir.'

'Ceann eile de na tionscnaimh atá ag Gearóid?'

'Is ea. Nach bhfuair tú téacs uaidh?'

'Ní bhfuair.'

'Bhuel,' a deir Denise, 'bí cinnte de go mbaineann an cuireadh leatsa chomh maith.'

'Is dócha gur chóir dom bheith buíoch as sin,' a deir Murchadh le hosna. Ní dhéanann sé iarracht a mhíshásta is atá sé a chur faoi cheilt. Ansin cuimlíonn sé a shúile go mall agus féachann i dtreo na síleála.

'An cóisir,' a deir Denise. 'Tá sé á eagrú ag an gclub CLG.'

'An Cumann Lúthchleas Gael?' a deir Murchadh de phreab. 'Peil? Iomáint? A Dhia na bhfeart! Tagaimid an tslí ar fad go dtí an tSín, agus ansin bímid ag suirí leis an CLG! Nach bhfuil go leor den rud sin againn sa bhaile?'

'Ní dóigh liom é,' a deir Denise. 'Nach tusa a bhí ag maíomh le déanaí nár chuir tú cos riamh laistigh de Pháirc an Chrócaigh? Ar aon nós, ní do pheil agus iomáint a bheimid ag gabháil oíche amárach. Is deis é aithne a fháil ar dhaoine agus is féidir leat bheith cinnte de go mbeidh líon maith Síneach ann. Is ag an óstán Asia Garden a bheimid ag teacht le chéile. Gréasán gnó agus sóisialta atá i gceist, Sínigh a bhfuil suim acu in Éirinn agus sna hÉireannaigh.'

Féachann Murchadh uirthi ar feadh nóiméid, ansin féachann sé ar ais i dtreo na síleála.

'Bhuel bhuel,' a deir sé, agus tuirse ina ghuth. 'Dhéanfá ambasadóir maith.'

'Aontaím leat,' a deir Denise. 'Agus seo an deis atá agam. Aithne a fháil ar dhaoine, teagmháil a dhéanamh. Smaoinigh air, táimid le bheith ag filleadh ar Bhaile Átha Cliath i gceann trí lá.'

Agus ní roimh am, a deir Murchadh leis féin, ní roimh am. Anois, is mithid dó dul a luí don oíche, agus tá sé ag tnúth lena chuid codladh. Gach seans go mbeidh sé ag brionglóidíocht ar pháirceanna glasa i gCill Mhantáin thuaidh, báisteach bhog ag titim thar Shráid Grafton, cóip den *Irish Times* ina mhála cáipéisí, agus pionta suaimhneach in óstán an Shelbourne.

Suíonn sé ar an leaba agus baineann de an dá bhróg. Feiceann Denise go bhfuil tuirse air agus ligeann sí dó. Is ar éigin gur féidir leis a shúile a choimeád ar oscailt.

20

Sathairn 20 Meán Fómhair

Dhá oíche fágtha sa diabhal cathair seo.

Is é sin an smaoineamh lena ndúisíonn Murchadh ar maidin. Déanann sé na focail a chogar dó féin. Ansin casann sé timpeall i dtreo Denise, agus léimeann a chroí le geit. Tá sí ina codladh go sámh, ina luí ar an leaba in aice leis. Ach tá sí fós sna héadaí a bhí á gcaitheamh aici inné. Cad a bhí ar siúl aici sular chuaigh sí ina codladh? Ar dhein sí dearmad? Is é an sórt iompair a ghabhfá leithscéal dó i mac léinn ollscoile agus é nó í amuigh i mbun ólacháin tar éis dheireadh na scrúduithe. Ach i Denise! Cad atá ar siúl aici? An bhfuil rud éigin á thógaint aici? Agus í amach is amach ina codladh anois, cad iad na brionglóidí atá ag titim amach sa chloigeann álainn sin? Go bhfuil sí ina príomhfheidhmeannach ar eagraíocht idirnáisiúnta bunaithe i Shanghai nó áit mar é? Ag glacadh páirte i bpreasagallamh, a mála láimhe de bhúclaí órga ar an mbord os a comhair, soilse na gceamara ag spréacharnach in órgacht na mbúclaí céanna? Ach le gach siolla óna béal dírithe ar na sluaite, ag impí orthu 'féach orm'?

Seans gur thit sí ina codladh agus í ag imirt lena smartfón. Ní dhéanfadh Murchadh riamh súil a chaitheamh ar cad atá ar a guthán, ach tá sé fiosrach a fháil amach an raibh sé á úsáid aici. Éiríonn sé go ciúin mall as an leaba agus féachann sé, ach níl an guthán aici taobh léi.

Beartaíonn sé gan níos mó a dhéanamh as an rúndiamhar beag seo. Caithfidh go raibh sí níos traochta aréir ná mar gur thug sí faoi deara. An giodal sin ar fad maidir leis na málaí láimhe, an chorraitheacht i dtaobh bheith ag suirí leis an slua i mBéising. Ar nós chailín bhig ar sceitimíní nuair a gheallann duine fásta uachtar reoite di. Ní hionadh gur thit sí ina codladh sula raibh an deis aici athrú don oíche.

Agus é ina shuí anois, fanfaidh sé ina shuí. Tá sé thar a naoi a chlog ar maidin. Isteach leis sa seomra folctha i gcomhair ceatha. Cúig nóiméad. Ansin go dtí an báisín níocháin. Cé go mbíonn leisce air uaireanta, déanann sé cinnte é féin a bhearradh gach lá, fiú agus é ar saoire. Casann sé an sconna te agus amach leis an uisce.

Éiríonn an gal go tiubh agus sobal bearrtha á spré aige ar a leicne, ar a ghiall. Tógann sé an rásúr ina lámh agus leis an chéad strioc athraíonn dath an tsobail go dearg, an leiceann clé gearrtha aige go glan.

Tá foclóir leathan de mhallachtaí aige, ach éiríonn leis srian a chur air féin. Féachann sé ar an damáiste. An chéad rud a dhéanann sé ná an lann a bhaint as an rásúr agus lann úr a chur isteach. Ach ní leigheasfaidh sé sin an chréacht. Beidh air greimlíní a fháil. Tá soláthar maith dóibh sin aige, ach níl sé in ann ceann a aimsiú díreach anois. Níl sé in ann an mhallacht a stopadh a thuilleadh, ach coimeádann sé i gcogar í. Níl dul as dó ach leanúint leis an mbearradh, an sobal arís ag casadh ó dhath bán go dath dearg.

Tar éis nóiméad nó dhó, tugann sé buille don scáthán, agus cuimlíonn an comhdhlúthú den ghloine. Níl mórán de luaíocht dó i radharc shoiléir dá aghaidh rúscach. Rith sé leis le déanaí ligint dá fhéasóg a fhás. Thabharfadh sé sin deich nóiméad breise sa leaba dó gach maidin. Ach bhí athsmaoineamh air. Seans go mbeadh féasóg nua ina thuairim na blianta ó shin agus é ag aois a fiche a dó, ach tá rud éigin seafóideach ina taobh ag aois a daichead a trí. Agus ar aon nós ní dhéanfadh féasóg ceilt ar na málaí faoina shúile. Málaí móra dorcha atá iontu, mór agus dorcha mar a bheadh na málaí dubha úd ina mbailítear bruscar. Agus measann sé go bhfuil siad tar éis éirí níos mó fós sna cúig bliana ó bhog Denise isteach leis. Mar sin féin is iad na súile seo le sprochaillí futhu na súile ar mhaith le Denise féachaint isteach iontu gach maidin. Nach iad? Dochreidte. Cé mhéad uair atá sé ráite aici leis go bhfuil grá aici dó go díreach mar atá sé? Díreach mar a dúirt Billy Joel ina amhrán. Is é Murchadh an t-aon fhear atá uaithi—a fear.

Agus nach bhfuil gach éinne ag rá leis go bhfuil sé in am dó ciall a dhéanamh di? Ní gaiste éasca é le héalú uaidh.

*

Glanann sé a aghaidh le éadach agus lorgaíonn sé greimlíní. Níl sé in ann teacht ar cheann, mar níl ceann ina mhála, cé gur cuimhin leis iad a phacáil ag tús na saoire. Gan amhras thóg Denise iad agus tá siad aici go fóill, in áit éigin. D'fhéadfaidís bheith in aon áit.

Coimeádann sé srian air féin. Tá leisce air í a dhúisiú. Seasann sé os comhair na leapa agus féachann sé uirthi. Isteach leis arís go dtí an seomra folctha agus cuimlíonn sé an chréacht. Filleann sé ar an seomra codlata agus, le leisce, osclaíonn sé mála láimhe Denise d'fhonn greimlíní a lorg. Tá air bheith thar a bheith ciúin.

'Nach bhfuil a fhios agat nár ceart d'fhear a bheith ag ransú i mála láimhe mná?' Guth Denise atá ann.

In ainm Chroim, tá sí ina dúiseacht. Caithfidh gur dhúisigh sé í. Féachann sé uirthi de gheit, ach geit níos lú ná an gheit a bhaintear aisti nuair a fheiceann sí a aghaidh. Cuireann sé an mála láimhe ar leataobh. Ar feadh nóiméid, ní deir ceachtar den bheirt acu aon rud.

'Go bhfóire Dia orainn!' a deir sí ansin, go magúil. 'Ní ligfear isteach in aon chlub oíche thú agus créacht mar sin á caitheamh agat. An raibh tú ag troid?'

Níl fonn air do ghreann den saghas seo.

'Díreach é,' a deir sé. 'Easaontas idir mé agus tor róis.'

'Nach tú an laoch,' ar sise. 'Is iad rósanna na bláthanna is fearr liom. Mar is eol duit.'

'Éirigh as,' ar seisean go mífhoighneach, ag cur gothaí dáiríre air féin. 'Tá na greimlíní á lorg agam. N'fheadar an bhfuil a fhios agat cá bhfuil siad?'

'Tá tú ag éirí níos teo.'

'Sa mhála seo?'

'Sea,' a deir sí de mheangadh gáire.

Tógann sé na greimlíní. Níl fonn air leanúint leis an gcomhrá seo. Beartaíonn sé gan í a cheistiú ar cén fáth a dheachaigh sí a luí agus a cuid éadaí lae fós uirthi. Í fós corraithe faoi na málaí láimhe, gan amhras.

'Anois,' a deir Denise. 'Bhfuil sé in am dom éirí?'

Ceist eile sheafóideach. Cloiseann Murchadh é ón seomra folctha, é ag cur greimlín air féin, ach roghnaíonn sé gan í a fhreagairt.

'Bhfuil sé in am dom éirí?' a deir Denise arís, d'impí.

Tá a sháth den amadántaíocht aige. Siúlann sé ar ais ina treo.

'In ainm Dé, níl! Cén fáth a mbeinn gléasta mura raibh sé in am dom éirí? Cad é do mheastuchán féin? Tá sé geal amuigh. Tá trácht le cloisteáil. Nach bhfuil aon leid le fáil agat as sin?'

Níl sé in ann é féin a stopadh.

'Agus ar aon nós,' a deir sé go mífhoighneach, an greimlín ar tí léimt óna aghaidh. 'Níl aon ghá duit éirí. Nach bhfuil tú gléasta cheana féin? Ullamh le lá eile a chaitheamh leat agus tusa de mo tharraingt ó shiopa go siopa?'

Ciúnas ansin. Tugann sé faoi deara go bhfuil a lámha san aer, mar a dhéanfadh seanmóirí nó polaiteoir ag iarraidh na sluaite a ghríosadh. Suíonn sé ar ais, traochta, ar an leaba in aice léi.

Ar feadh cúpla soicind, níl gíog aisti. Ansin tosaíonn na deora, a guaillí ag crith go bog. Casann sé ina treo le huafás.

'A stór, a stór,' a deir sé, á tharraingt féin chuici. 'A stór, a stór.'

Níl a fhios aige cad le rá. Ach ba mhaith leis go stopfaidh an gol go luath.

'Tá brón orm,' a deir sé, ag cuimilt a droma ar nós mar a dhéanfaí le leanbh, 'tá brón orm.'

Brón, de shaghas. Ní raibh sé de cheart aige éirí crosta léi mar sin. Ach ní aithníonn sé an bhean ghuagach seo. Ba mhaith leis go bhfillfeadh an bhean uaillmhianach, eagraithe, proifisiúnta a raibh aithne aige uirthi i mBaile Átha Cliath.

Casann sí uaidh.

'An bhfuil tú chun glacadh le mo leithscéal?' a fhiafraíonn Murchadh, ach fiú agus na focail á rá aige aithníonn sé gur ar nós abhcóide atá sé ag caint.

Labhraíonn Denise faoi dheireadh.

'Nach féidir leat éadromú? Fiú beagáinín?' a deir sí, a ciarsúir ina lámh.

Ní mian leis tuilleadh argóna a dhéanamh.

'Anois,' a deir sí. 'Táim chun cith a bheith agam. Faighim an tuairim go bhfuil sé in am dom éirí.'

Ní fhéachann sí air.

Agus í istigh ag tógaint ceatha, beartaíonn sé dul go dtí an seomra bia agus a bhricfeasta a thógaint. Tá ocras air, agus bheadh sé níos fearr dó gan fanacht uirthi.

*

Tá an bricfeasta i bhfad críochnaithe aige faoin am go dtagann sí. Ar a laghad roghnaíonn sí suí ag an mbord céanna leis.

Tá áthas air gur fhan sé di. Tá a fhios aige go bhfuil orthu comhrá bheith acu. Ach ní tharlóidh sé ar maidin.

'Beidh an dream ag bualadh le chéile anocht ag a naoi a chlog ag an óstán Asia Garden,' a deir sí, cupán caife *latté* á chíoradh aici go bog. Féachann sí ar an sobal ag titim as an spúnóg. Amhail agus gur feiniméan é nar thug sí riamh faoi deara go dtí anois.

Ní dhéanann Murchadh ach a ghuaillí a shearradh.

'Is deis dúinn é ár ngruaig a ligint anuas sula bhfillfimid ar Bhaile Átha Cliath,' a deir sí.

De ghnáth déarfadh sí rud éigin breise, ar nós 'nach gceapann tú?' Ach an uair seo níl a thuairim á lorg aici.

Tá a fhios aige gurbh fhearr leis oíche chiúin a bheith acu, seans cainte agus ligint scíth sula n-ullmhaíonn siad don turas fada ar ais go hÉirinn. Níl an chuma uirthi, áfach, go n-éisteodh sí le haon mholadh den sórt sin anois. Agus níl argóint eile uaidh. Tá air, dar ndóigh, bheith dílis dá mhothucháin féin.

'B'fhearr liom,' a deir sé, 'b'fhearr liom é a thógaint go bog anocht. Gan dul amach. Ach ní maith liom tú a stopadh. Tá fáilte romhatsa dul.'

D'fhéadfadh sí bheith doicheallach faoin rud a deir sé. D'fhéadfadh sí a rá go bhfuil díomá uirthi nach dtiocfaidh sé amach léi, díomá uirthi toisc go gceapfadh sé go mbeadh sí tuillteanach dul amach gan é. Ach ní deir. 'Ceart go leor,' a deir sí.

'Ar aon nós,' a deir sé. 'Mar a deir tú, ní ligfidh aon chlub oíche isteach mé agus an chréacht seo ar m'aghaidh.'

Ach níl fonn uirthi don ghreann. 'Ceart go leor,' a deir sí arís.

21

An tráthnóna céanna, agus a mbéile caite acu, téann sé ar shiúlóid fad is a ullmhaíonn sí í féin don oíche amuigh. Déanann sé cinnte de go mbeidh sé ar ais ag an óstán sula bhfágann sí. Nuair a fhilleann sé, tamall tar éis a hocht a' chlog, tá Béising i ndorchadas ach tá an tráthnóna fós go bog. Oíche bhreá do bheith amuigh.

Tá cuma ghleoite ar Denise agus í gléasta i dtreabhsair agus buataisí dubha, blús bán agus seaicéad de dhath ór. Nár bhreá leis bheith ag ullmhú chun dul amach léi? Nach mbeadh sé ag tnúth le bheith léi? Ag smaoineamh arís air, áfach, níor mhaith leis go mbeadh sí á tharraingt ó áit go háit agus níor mhaith leis bheith ag cur sriain ar a cuid spride agus í faoi lán seoil ag bualadh le daoine. Anseo san óstán beidh sé in ann a scíth a ligint, a leabhar a léamh. Níl mórán dá leabhar léite aige ó thosaigh an tsaoire agus mar sin tá fonn air dul chun cinn a dhéanamh leis. Déanfaidh oíche shuaimhneach maitheas dó.

'Féachann tú i do mhilliún dollar,' a deir sé léi go ceanúil. Ba mhaith leis í a tharraingt chuige agus a phógadh, ach ní dhéanann sé. Fanann sé ina sheasamh os a comhair.

'Go raibh maith agat.'

Tá a freagra bearrtha, saghas borb. Ní fhiafraíonn sí de an bhfuil athrú intinne air maidir lena phleananna don oíche.

Leis sin, glaonn an guthán sa seomra. Tá an glaoch ag teacht ón deasc fáiltithe. Tá tacsaí Denise tagtha. Tugann sí póg thapaidh do Mhurchadh ar a leiceann .

'Slán,' a deir sí.

'Bain sult as.'

As go brách léi.

Suíonn Murchadh ar an leaba agus tosaíonn lena leabhar a léamh. Ba mhaith leis bheith sáite ann...

...Tá sé ina sheasamh sa chúirt, ag óráidíocht os comhair an bhreithimh, abhcóide an fhreasúra ag éisteacht go cúramach. Den chéad uair ó ceapadh é ina abhcóide sinsearach, tá Denise ina haturnae teagaisc aige, na páipéir ullamh go néata aici dó, í ina suí os a chomhair, ag deasc faoi phóidiam an bhreithimh, mar a dhéanann an t-aturnae teagaisc ar an dá thaobh. Seanfhear liath atá ina aturnae teagaisc don fhreasúra, é ina shuí ach slat nó mar sin ó Denise, taobh léi. Fear ramhar abhcóide an fhreasúra, agus is fear ramhar é an breitheamh chomh maith. Fir liatha atá ina suí sna bínsí taobh thiar, agus fir liatha atá ina suí san áiléar poiblí. Denise an t-aon duine amháin gleoite atá i seomra na cúirte díreach anois.

Casann Murchadh a cheann ón mbreitheamh agus féachann i dtreo dheasc na n-aturnaethe. Ach níl Denise ann a thuilleadh. Tá an seanfhear liath ann go fóill, na fir ramhra i láthair chomh maith, ach tá suíochán Denise folamh. Stopann Murchadh de phreab agus fágann sé síos an chóip den mhionscríbhinn a bhí ina lámh aige. Iarrann sé ar an mbreitheamh suí na cúirte a chur ar atráth go sealadach. 'Tá m'aturnae ar iarraidh,' a mhíníonn Murchadh.

Déanann an breitheamh a cheann a sméideadh, seasann sé suas, seasann gach aon duine eile suas chomh maith, agus ansin tosaíonn an cuardach, le Murchadh á eagrú, na fir liatha, na fir ramhra, ag siúl amach doras na cúirte agus iad ansin ag scaipeadh ó dheas, ó thuaidh, soir agus siar, gach éinne ag lorg tásc nó tuairisc de Denise de Barra, aturnae.

Agus Murchadh ag rith go cráite amach as foirgneamh na Ceithre Cúirteanna, a chomhaid de pháipéir fós á iompar aige, an fhallaing dhubh fós ar a dhroim, titeann sé go trom ar an gcosán, na páipéir ag scaipeadh i ngach treo, ach buíochas le Dia ní bhuaileann a shrón an cosán mar déanann a cheann teagmháil leis an gceap tiubh nótaí a thit ar an talamh soicind níos luaithe...

Dúisíonn Murchadh de phreab, a shrón neadaithe ina leabhar, agus é fós ina shuí ar an leaba i mBéising. Agus, cosúil le mar a bhí sé ina bhrionglóid, tá sé fós ina aonar. Go tobann, níl aon fhonn codlata air a thuilleadh, agus níl fonn léitheoireachta air ach an oiread. Éiríonn sé, seasann sé, siúlann sé go dtí an scáthán ar thaobh amháin an tseomra, siúlann sé ar ais. Níl fonn dá laghad air dul amach anocht, ach ní réitíonn sé leis go bhfuil a leannán amuigh sa mhórchathair gan é.

Ba mhaith leis a fhios a bheith aige cá bhfuil sí, a fhios bheith aige go bhfuil gach rud ceart go leor. Cén fáth nach mbeadh?
Tá sé ceathrú chun a deich san oíche.

Breacann sé téacs chuici. *'Gach rud in ord?'*

Fanann sé i gcomhair freagra. Fanann sé deich nóiméad, ach níl freagra ann. B'fhéidir go bhfuil sí róghnóthach ag suirí le daoine éagsúla, róghnóthach chun a théacs a fhreagairt, fiú a théacs a thabhairt faoi deara. Nó b'fhéidir go bhfuil sí fós crosta leis. Fanann sé deich nóiméad eile, ag ciceáil a chosa ar an leaba, ag feitheamh. Ritheann sé leis glaoch a chur uirthi, ach nach mbeadh sé sin ag dul thar fóir? Cuireann sé téacs eile.

'Gan amhras tá an iomarca craic ar siúl agat chun mo théacs a fhreagairt! Bain sult as!'

Is trua nár iarr sé uirthi dul i dteagmháil leis nuair a shroich sí a ceann scríbe. Cá raibh sí ag dul arís? Sea, an t-óstán Asia Garden. D'fhéadfadh sé glaoch a chur ar an óstán agus í a lorg an tslí sin. Ach cad é an cuspóir leis seo nuair atá a fón póca aici? Cad atá uaidh? Cad í a chúis imní?

Ar feadh deich nóiméad eile, luíonn sé ar an leaba agus bróg amháin air, an bhróg eile ar an úrlár. Fanann a ghuthán ina thost. Ansin piocann sé suas é agus cuireann sé glaoch ar uimhir Denise. Láithreach bonn, cloiseann sé a guth, guth soiléir proifisiúnta, ag iarraidh air, agus ar gach duine eile a ghlaonn, teachtaireacht a fhágáil tar éis an toin.

Cuireann sé isteach air go bhfuil a guthán múchta aici. Cén fáth go ndéanfadh sí an rud sin? Nár mhaith léi bheith in ann cloisteáil uaidh? Bhfuil sí ar stailc? Tá sé idir dhá chomhairle maidir le teachtaireacht a fhágáil, ach déanann. *'A stór,'* a deir sé. *'Níl ann ach mise. Súil agam go bhfuil gach rud ceart go leor.'*

Gach rud ceart go leor. Cén fáth nach mbeadh? Ach den chéad uair ar an tsaoire seo, níl sé in ann caint a dhéanamh léi, agus níl a fhios aige go cinnte cá bhfuil sí. Éiríonn sé as an leaba, cromann sé ar an úrlár agus cuireann an bhróg eile air, tógann sé an guthán, a chuid airgid agus an eochair agus thíos leis go dtí an deasc fáiltithe agus órdaíonn tacsaí chun é a thógaint go dtí an t-óstán Asia Garden.

22

Hanam an diabhail, tógann sé leathuair an chloig ar an tacsaí dul ón óstán go dtí an t-óstán eile. Díreach anois is cuma le Murchadh. Tá cuspóir faoi leith aige. Ag siúl isteach doras an Asia Garden dó tá sé timpeallaithe ag fuaimeanna na hoíche. Féachann an áit chomh mór le Páirc Oilimpeach Londain. Guthanna agus gáire, ceol sacsafóin sa chúlra. *Movers and shakers* na cathrach ann. Agus ritheann sé leis ar an toirt nach dtéann aon duine abhaile go luath ó áit mar seo. Ar aon nós, níl tuirse air a thuilleadh. Fanfaidh sé amuigh ar feadh na hoíche más gá. Ach tá air teacht ar Denise agus bheith ina teannta.

Baineann sé triail as uimhir Denise arís, leis an toradh céanna. De mhallacht bhog, siúlann sé i dtreo na deisce fáiltithe. Tá an dream CLG á lorg aige, ach ní thuigfidh aon duine cad atá i gceist aige leo siúd. De Bhéarla simplí, luann sé leis an gcailín ag an deasc go bhfuil dream Éireannach á lorg aige. Ach croitheann sí a ceann air, síneann sí a lámh amach i dtreo na sluaite ar na hurláir dhifriúla, agus croitheann sí a guaillí. Cuireadh uaithi chuige dul ag cuardach.

Ansin smaoiníonn sé ar na focail draíochta.

'Gearóid Pléimeann?' a deir sé. Ach níl aithne aici air. Croitheann sí a ceann.

Ach tá ainm eile, nach bhfuil?

'Geoff?' a deir sé.

Leis seo, déanann sí sméideadh cinn, agus deir leis dul go dtí an svuít magairlín ar an tríú hurlár.

Ní bhacann sé leis an ardaitheoir, ach tógann sé an staighre, trí chéim in aghaidh na coiscéime.

Isteach leis go dtí an Svuít Orchid. Tá an seomra mór b'fhéidir leathlán. Roinnt daoine gléasta go leathfhoirmeálta, jíons agus t-léine ar dhaoine eile. Feiceann sé aghaidheanna geala le leicne dearga de stíl na hÉireann, cloiseann sé an sórt gháirí sin d'fhuaim tarracóra. Dá ndúnfadh sé a shúile d'fhéadfadh sé bheith ar ais i mBaile Átha Cliath nó i nGaillimh nó i gCill Áirne. Dream CLG, ceart go leor. Díreach anois, is faoiseamh dó é sin. Tiocfaidh sé ar Denise áit éigin.

Ansin aimsíonn sé léine iománaíochta, dathanna Chill Chainnigh, á chaitheamh ag duine éigin. In ainm Dé! Níor réitigh sé riamh le Murchadh daoine a fheiscint i léinte CLG mar éadaí neamhfhoirmeálta. Is an cineál sin fir é. Measann sé go bhfuil rud éigin "garbh" faoin gcuma sin. Ach tá an léine seo de dhathanna Chill Chainnigh á chaitheamh ag cailín, cailín dathúil, dathúil agus Síneach. Feiceann Murchadh go bhfuil meascán maith de Shínigh agus Éireannaigh sa slua seo. Ach níl aghaidh ar bith a aithníonn sé. B'fhéidir go bhfuil Denise i seomra na mban. Fanfaidh sé.

Féachann sé go tapaidh timpeall an tseomra fhairsinge, ar nós luiche atá ar tí rith trasna urlár cistine. Ach amháin nach ritheann Murchadh ar chor ar bith. Stopann sé, ansin féachann sé síos. Níl aon phointe ann a ghuthán a thógaint amach agus bheith ag ligint air go bhfuil sé ag seiceáil ar théacsanna. Bheadh sé sin rófhollasach. Mar sin ardaíonn sé a mhuineál, díríonn sé a dhroim agus féachann i dtreo grúpa de cheathrar atá ina seasamh go cóngarach dó. Dealraítear dó gur Sínigh an bheirt fhear agus Éireannaigh an bheirt bhan.

Tá air bheith ag comhrá le duine éigin in ionad bheith ina sheasamh ina aonar ag an imeall. D'fhéadfadh sé heileo a rá leis an mbean óg i léine Chill Chainnigh ach, i slí, tá sí róghleoite, ró-andúchasach. Ní bheadh aon ábhar oiriúnach le plé aige léi ach an iománaíocht, agus tá gach seans go mbeadh níos mó ar eolas aici ar an ábhar sin ná mar a bheadh aige. Féachann sé arís ar an ngrúpa de cheathrar. Feiceann sé go bhfuil siad sáite ina gcuid beagchómhrá féin. Ach tá sé chun é a dhéanamh. Mar a dhéanfadh fear. Seasfaidh sé isteach ansin agus cuirfidh sé é féin in aithne dóibh. Déanfaidh sé é, agus go hifreann leo.

'Dia dhaoibh,' a deir sé as Béarla. 'An miste libh? Murchadh is ainm dom.'

'Valentina,' a deir bean amháin.

'Alexandra,' a deir an bhean eile.

Ní Éireannaigh iad.

'Ón Rúis?' a fhiafraíonn Murchadh.

'Belarus,' a deir Alexandra.

'Thao,' a deir fear amháin, de mheangadh gáire, ag sméideadh a chinn.

'Ón tSín?' a fhiafraíonn Murchadh.

'Ó Vítneam,' a deir Thao.

'Chen,' a deir an fear eile, é ag meangadh gáire chomh maith. 'Ó Shligeach.'

'Sligeach?' a fhiafraíonn Murchadh.

'Bhuel,' a mhíníonn Chen. 'Is Sínigh mo mhuintir. Is as Guangzhou mo thuistí, ach d'imíodar ar imirce go hÉirinn. Rugadh agus tógadh i Sligeach mé. Agus bí cinnte go raibh díomá orm nuair a buadh orainn i bpeil Chonnachta. Agus bhí sé níos measa fós nuair a fuaireamar léasadh tríd an gcúldoras.'

'Agus bhí ort teitheadh ar ais go dtí an tSín!' a deir Murchadh de gháirí, sula ritheann sé leis gur beag nárb é seo an cineál grinn a thuigfeadh duine ón iasacht. Ach níor bhaol.

'Is féidir é sin a rá,' a deir Chen. 'Tá mo mhuintir i mBéising anois, agus fillim anseo gach ré bliain ar saoire.'

'Agus an bhfuil sibh go léir tógtha leis an gCumann Lúthchleas Gael?' a fhiafraíonn Murchadh, é ar bharr a spride anois.

Is léir áfach nach dtuigeann Thao nó Valentina nó Alexandra cad atá i gceist.

'Dhera, níl mo chairde anseo ar chúis ar bith eile seachas an chraic,' a deir Chen de gháirí. 'Agus tusa?'

Is maith le Murchadh an tionól seo. Cuireann sé ar a shuaimhneas é nach bhfuil gach aon duine sáite sa CLG. Dream cáirdiúil atá ann, suirí idirnáisiúnta atá i gceist agus, ar ábharaí an tsaoil, tá sé compordach leis. Nach é seo an sórt saoil a roghnaigh Gearóid? Nach é seo an sórt lionrú a bhaineann Denise sult as? Nach bhfuil níos mó de scléip le fáil anseo leis an dream ná i bheith dúnta ina sheomra codlata san óstán agus a shrón greamaithe i leabhar?

Dar ndóigh, tá cúis ann go bhfuil sé tagtha anseo anois. Tá air teacht ar Denise. Ach níl sé chun a rá leo go bhfuil sé anseo ag cuardach a leannáin. Mheas sé go bhfeicfeadh sí é agus go dtiocfadh sí chuige. Ach níl sí feicthe aige go fóill. Tá air éalú nóiméad.

'Gabhaigí mo leithscéal,' a deir sé le Valentina, Alexandra, Thao agus Chen. Ar ais leis go himeall an tslua, a shúile á dtarraingt aige trasna an tseomra. Siúlann sé timpeall i gciorcal glan, agus ar ais i gciorcal eile. Níl rian di ann.

*

Amach leis an nguthán arís agus breacann sé uimhir isteach. Uimhir Ghearóid an uair seo. Ach níl le fáil ach teachtaireacht ghlórphoist Ghearóid, an guth snasta ag tabhairt cuiridh do Mhurchadh labhairt ar feadh suas go 90 soicind tar éis an toin. Gach seans go bhfuil a ghuthán múchta ag Gearóid. Mar sin féin iarrann Murchadh ar Ghearóid glaoch ar ais air.

Baineann sé triail eile as uimhir Denise. Faic.

Siúlann sé ar ais go Valentina, Alexandra, Thao agus Chen agus fiafraíonn sé díobh an bhfuil aithne acu ar Ghearóid Pléimeann. Níl an t-ainm ar eolas ag aon duine díobh. Ocht ngualainn á searradh.

Plean B. 'Geoff?' a deir Murchadh.

'Ah, Geoff,' a deir Chen. 'Geoff, fear na gclubanna.'

'Fear na gclubanna?' a deir Murchadh. 'Is dócha nach clubanna galf atá i gceist agat?'

'Ní hea,' a deir Chen. 'Clubanna oíche, tá a fhios agat.'

'Clubanna oíche?' a deir Murchadh.

Gan amhras, míníonn oiliúint Éireannach an mhídhiscréid seo i Chen. Agus tá Murchadh thar a bheith buíoch.

'Lean ort!' a deir sé le Chen. Ba mhaith leis tuilleadh a chloisteáil.

'Gabh mo leithscéal?' a deir Chen. Ní thuigeann sé na fiosrúcháin seo.

Ní maith le Murchadh tosú ar chur síos a dhéanamh ar cén fáth a bhfuil sé fiosrach i dtaobh Ghearóid. I ndáiríre, is cuma leis faoi Ghearóid faoin am seo. An rud is tábhachtaí do Mhurchadh anois ná teacht ar Denise.

'An raibh Geoff anseo níos luaithe?' a fhiafraíonn sé.

Smaoiníonn Chen go gairid.

'Gach seans go raibh,' a deir sé. Féachann sé ar a thriúr compánach.

Ritheann sé le Murchadh nár chuir sé an cheist cheart. Tá a fhios aige féin go raibh Gearóid anseo níos luaithe.

'An bhfuil club faoi leith?' arsa Murchadh. 'Club faoi leith a théann Geoff ann?'

'Bheadh sé níos fusa orm,' a deir Chen, 'a rá leat na cinn nach mbaineann sé leo.'

Iontas Dé. Na cinn *nach* mbaineann sé leo? An é go bhfuil fiontar de shaghas éigin ag Gearóid? Níl am ag Murchadh imscrúdú a dhéanamh. Ní gá dó ach díriú ar cá bhfuil Gearóid anois.

'Bhfuil a fhios agat cá dtéann sé de ghnáth?' a fhiafraíonn Murchadh.

'Sparkles,' a fhreagraíonn Chen. 'Téann sé ansin go minic. Tá sé sin i gceantar Sanlitun.'

'Aon áiteanna eile?' a fhiafraíonn Murchadh.

'Hop Hip,' a deir Chen. 'I bPáirc Chaoyang. B'fhéidir freisin Planet Boom. Tá sé sin i Sanlitun.'

'Fan nóiméad,' a deir Murchadh. 'Ní chuimhneoidh mé ar na hainmneacha seo go léir.'

Tógann sé amach a pheann, piocann suas naipcín ón gcúntar gar dóibh.

'Lean ort,' a deir sé ansin.

'Jump City,' a deir Chen. 'Tá sé sin i Wanfujing.'

'Tógfaidh sé seo an oíche ar fad orm,' a deir Murchadh, d'osna. 'Cén ceantar a ndíreoidh mé air?'

'Mholfainn Sanlitun,' a deir Chen. 'An ceantar timpeall ar Staidiam na nOibritheoirí. Sin an áit ina bhfuil Sparkles.'

'Mar sin tá Sparkles agam,' a deir Murchadh. 'Agus Planet Boom. Aon áit eile?'

'Happy Ending,' a deir Chen. 'Claustrophobia. Kittens on Ice.'

'Go bhfóire Dia orainn,' arsa Murchadh, ag croitheadh a chinn. Níl a fhios aige más cúis gáire nó goil í seo.

'Sin é, is dócha,' arsa Chen.

'Gan amhras,' a deir Murchadh, gan gháire, ag féachaint ar Chen, 'caithfidh nach bhfuil tusa go holc don rince ach an oiread.'

'Táim ceart go leor chuige,' a deir Chen, de mheangadh. 'Ach tá Valentina agus Alexandra i bhfad níos fearr.'

'Bhfuil uimhir agat? Cárta?' a fhiafraíonn Murchadh go práinneach, é ag tarraingt amach cárta dá chuid féin óna thiachóg d'fhonn an malartú a spreagadh.

> *Murchadh Ó Drónaigh, Abhcóide Sinsearach, Na Ceithre Cúirteanna, Baile Átha Cliath 7.*

Níl aon chiall bheith ag tabhairt cárta den saghas seo do Chen, tá a fhios seo ag Murchadh, ach is leor é chun an freagra ceart a mhealladh. Tugann Chen cárta dó. Dar ndóigh, an t-aon rud a thuigeann Murchadh ar chárta Chen ná an uimhir ghuthán. Ach tá go maith, sin an t-aon rud atá uaidh.

'Mo bhuíochas leat,' a deir Murchadh, bosa arda á n-ofráil aige do Chen. 'Anois tá orm bailiú liom.'

Féachann sé ar a uaireadóir. An t-am ná 10.53 san oíche.

23

Tá a fhios go maith ag an tiomanaí tacsaí cá bhfuil Sparkles. Ag an gceann scríbe, íocann Murchadh an táille agus léimeann sé amach. Tá sé ag ceapadh go mbeidh air idirbheartaíocht a dhéanamh le scata dóirseoirí gairgeacha, ach ceadaítear dó siúl isteach gan dua. Tá táille le híoc, dar ndóigh, agus níl an táille íseal. Ritheann sé leis iontráil saor in aisce a éileamh, toisc nach bhfuil i gceist aige ach duine a lorg, ach ní maith leis raic a dhéanamh. Íocann sé an t-airgead.

Istigh tá an áit ach leathlán, ceol dioscó na seachtóidí ar siúl, tinreamh idir iartharach agus Síneach, daoine i ngruaig de stíl Afro, bríste spréite agus bróga bonnarda, fir agus mná gléasta nach mór mar an gcéanna. Cosúil le drochleagan de *Saturday Night Fever*.

'...anam an diabhail,' a deir Murchadh leis féin. 'Bhí sé de cheart agam táille a éileamh chun go siúlfainn isteach san áit áiféiseach seo.'

Tá an-fhonn air teacht ar Denise, ach tá air a admháil gur faoiseamh dó é gan í a fheiscint in Sparkles. Dar ndóigh, aithníonn sé cén fáth a réiteodh Sparkles le Gearóid. Thabharfadh sé an deis dó a sciath a bhualadh agus a bheith ag maíomh as féin; ag ligint air gur Travolta nó Flatley atá ann arís. Chomh fada agus a bhaineann le Murchadh, tá fáilte roimhe sin a dhéanamh, chomh fada agus nach dtarraingíonn sé Denise isteach.

Agus é cinnte nach bhfuil Denise ná Gearóid san fhoirgneamh, amach leis go dtí an tsráid. Tarraingíonn sé an naipcín as a phóca agus féachann sé ar na hainmneacha. Planet Boom. Happy Ending. Claustrophobia. Kittens on Ice. Bí cinnte, Kittens on Ice a rogha deireanach. Ritheann sé leis triail eile a dhéanamh ar glaoch ar Denise, ach beartaíonn gan sin a dhéanamh.

Caithfidh go bhfuil na clubanna go léir i gcóngar. Roghnaíonn sé casadh ar chlé. Trasna na sráide, b'fhéidir caoga slat uaidh, tá soilse ag spréacharnach. Feiceann sé na focail 'Claustrophobia'.

Go spreagúil, tá cuma fháilteach ar na dóirseoirí agus níl aon táille iontrála. Réasúnta go leor is dócha, dar le Murchadh, más clástrafóibe atá uathu. Seans go mbeidh costas dochreidte ard ar na deochanna, dar ndóigh. Sin an fáth nach bhfuil táille iontrála, nach ea?

D'ainneoin go bhfuil chinos iarnálta, léine néata agus bróga snasta á gcaitheamh aige, mothaíonn sé nach bhfuil an feisteas atá air den chaighdeán ceart. Tá léinte bána agus casóga ar na fir, gúnaí ciallmhara ar na mná. Tá sé amhail agus go bhfuil sé in oifig dlíodóirí, ach go bhfuil gach éinne ag rince. Meascán aisteach de cheol "mod" na seascaidí agus ceol leictreonach na n-ochtóidí. *Tainted Love* atá á sheinm. Bhí sé i gcónaí tógtha leis an amhrán sin. Dá ainneoin féin, buaileann sé a bhosa dhá huaire mar a dhéantar san amhrán ach, leis sin, stopann sé. Feiceann sé aghaidh a bhfuil aithne aige air. Na cluasa, an leathmheangadh gáire, na guaillí tanaí. Cé hé, in ainm Dé? Amuigh ansin ar an úrlár rince. An é? Gan amhras, is é. An t-Uasal Wu. Ón gCathair Thoirmiscthe.

*

Ardaíonn Murchadh a lámh, i mbeannacht, ach ní bheannaíonn an t-Uasal Wu ar ais. Gan amhras toisc go bhfuil an iomarca rinceoirí sa tslí.

Buaileann Murchadh an dá bhos faoi dhó arís agus isteach leis i measc na rinceoirí. Chomh luath is atá *Tainted Love* thart, beireann sé greim ar uillinn an Uasail Wu. Ach tá aghaidh fholamh ar an Uasal, amhail agus nach n-aithníonn sé Murchadh. Agus tá cosa an Uasail fós ag bogadh, níl aon stop lena chuid rince.

'Nóiméad amháin?' a impíonn Murchadh. Ach níl aon athrú ar an aghaidh fholamh. Ansin ardaíonn Murchadh a lámha agus buaileann an dá bhos faoi dhó uair amháin eile, d'fhonn an t-Uasal Wu a dhúisiú ó pé tamhnéal a bhfuil sé ann.

'Tainted Love!' a deir an tUasal Wu de gháire.

Tá sé deacair do Mhurchadh a chreidiúint gurb ionann an fear seo agus an fear cneasta ar bhuaileadar leis ag an gCathair Thoirmiscthe, fear chomh heolasach ar stair agus taiscí Bhéising.

'Gearóid!' a deir Murchadh leis an Uasal Wu, de bhéic. 'Bhfaca tú é?'

Ach tá muc ar gach mala ag an Uasal Wu. Is cosúil nach dtuigeann sé.

'Geoff!' a deir Murchadh ansin. 'Geoff?'

Leis seo geallann aghaidh an Uasail Wu.
'An bhfaca tú Geoff?' a deir Murchadh, arís de bhéic. Ach faoin am seo tá *Karma Chameleon* faoi lán seol agus níl ach fonn rince ar an

Uasal Wu. Croitheann sé a cheann.

'Happy Ending? Mbeadh sé ansin?' a fhiafraíonn Murchadh in ard a ghutha.

Ach snámh in aghaidh easa atá ann. Má tá a fhios ag an Uasal Wu cá bhfuil Gearóid, níl sé chun é a rá le Murchadh. Seans gur ball den Pháirtí Cumannach é. Gach rud faoi rún daingean.

'Kittens on Ice?' a fhiafraíonn Murchadh.

Ach níl Murchadh chun freagra a fháil. Tá fonn air greim a bhreith ar liopaí an Uasail Wu agus a rá leis go bhfuil sé go holc ag rince agus go raibh an turas sa Chathair Thoirmiscthe ar an ócáid ba leadránaí dá shaol. Go ciallmhar, beartaíonn sé gan é sin a dhéanamh.

Le teann feirge, bailíonn Murchadh leis ón gclub. Agus é amuigh, tógann sé nóiméad nó dhó le ligint faoi. Agus tuigeann sé, go bhfuil gach seans ann nach bhfuil a fhios ag an Uasal Wu cá bhfuil Gearóid, nach bhfuil?

*

Amuigh arís ar an tsráid, ní aimsíonn sé aon áit eile. Is fairsing an ceantar é Sanlitun. Cá bhfuil na clubanna eile? Cuireann sé scairt ar tacsaí agus iarrann sé ar an tiománaí é a thógaint go Planet Boom.

Tá scuaine ag an dul isteach go Planet Boom, agus tógann Murchadh a áit. Faoin am seo, tá fonn air deoch bheith aige. Má tá air bheith amuigh ar feadh na hoíche, roghnóidh sé é a dhéanamh i gcompord. Má tá Denise ag baint sult as bheith amuigh ar na leacáin, cén fáth nach féidir leis siúd? An bhfuil sí buartha ina thaobh? Cén fáth a mbeadh? Nach gceapann sí go bhfuil sé san óstán, ina chodladh? Nach ndúirt sé léi gurb é sin an rud a dhéanfadh sé? Cén fáth, mar sin, a mbeadh sé crosta léi anois?

Féachann sé ar an slua timpeall air. Líon mór de dhaoine in aois a bhfichidí, scata níos lú de dhaoine ina dtríochaidí. Cad atá ar siúl aige anseo?

Tá sé in am dó dul isteach. Aimsíonn dóirseoir an tslí isteach. Feiceann Murchadh beirt fhear ag bailiú na dtáillí iontrála. 200 Yuan. Go bhfóire Dia orainn, tá sé sin thar tríocha dollar. Ach faoin am seo níl aon athsmaoineamh ar Mhurchadh, ba mhaith leis bheith istigh. Agus cuireann se i gcuimhne dó féin go bhfuil seans ann go bhfuil Denise ann. Nach mbeadh áthas uirthi é a fheiscint? Nach gcuirfeadh sé gliondar ina croí go bhfuil an sprid, an dánaíocht, aige, éirí as a leaba san óstán agus dul amach go clubanna oíche Bhéising, mar a dhéanfadh sise?

Íocann sé an táille agus cuirtear stampa mór ar a lámh chlé. Istigh, tá an áit nach mór lán go doras, agus gnóthach, ceol de stíl *trance* na nóchaidí le cloisteáil amhail agus go bhfuil tonntracha fuaime hiopnóiseacha ag bualadh thar gach aon duine. Chuirfeadh sé fonn rince ar an marbh, agus mothaíonn Murchadh na cosa ag bogadh faoina ghlúine, rithim an cheoil ag sní trína mhéarchosa.

Aithníonn sé láithreach nach mbeidh sé éasca aon duine a lorg istigh anseo, mar tá an áit chomh plódaithe le daoine, idir Sínigh agus daoine iasachta. Tugann sé faoi deara, le míchompord, go bhfuil líon mór mná óga leathghléasta. Agus scataí fir timpeall a aois féin.

Agus é ag smaoineamh ar an chéad chéim eile, ordaíonn sé deoch. Gloine fíona dearg Malbec. Ritheann sé leis glaoch a chur ar Chen. Ach cad chuige? Ar aon nós tá an méid sin gleo i ngach áit nach mbeadh sé in ann comhrá gutháin a dhéanamh. Níl sé dóchasach go ndéanfaidh sé cumarsáid le Denise ach an oiread. Ná le Gearóid. Ar an seans go bhfuil Denise istigh anseo i Planet Boom téann Murchadh i dtreo seomra na mban, d'fhonn fanacht i gcóngar. Déanann. Agus é ina sheasamh ansin, lena ghloine Malbec, níl le tabhairt faoi deara aige ach súile fiosracha na mban, an mhórchuid dóibh ar na mná is áille dá bhfaca sé riamh. Ach níl comhluadar aon duine díobh á lorg aige.

Tagann cailín ina threo. Síneach agus gleoite, blús bán, mionsciorta dubh leathar agus buataisí arda uirthi. Síneann sí a ceann chuige agus cuireann a béal gar dá chluas clé amhail agus go bhfuil sí ag caint de chogar.

'Tá tú róghalánta bheith anseo,' a deir sí leis, i mBéarla líofa. Canúint Mheiriceánach.

Ansin seasann sí ar ais, ag féachaint air, sula gcasann sí le himeacht.

An beannacht atá ann, nó nach ea? Nach cuma leis? Cuireann sé a lámh ar a leiceann clé, mothaíonn an chréacht faoin ngreimlín. Níl aon rud galánta faoi sin.

Ar feadh bomaite nó dhó tá eagla air go dtiocfaidh Denise air díreach ag an nóiméad sin, agus an cailín Síneach ag bailiú léi, díreach mar a tharlódh sna scannáin. Ach ní tharlaíonn aon rud den chineál sin.

Den chéad uair ó d'fhág sé an t-óstán Asia Garden féachann sé ar a uaireadóir. 3.15 ar maidin. Agus é leathan ina dhúiseacht. Ag tarraingt na tóna as an oíche, ina aonar i gclub i gcuid dhána Bhéising. Laistigh de 36 uair an chloig tá sé le bheith ar eitleán ar ais go Baile Átha Cliath agus tá súil aige go mbeidh a leannán ina theannta.

Ach tá an ceart ag an gcailín Síneach sin leis an gcanúint Mheiriceánach. Tá rud níos fearr tuillte aige ná bheith ina aonar i gclubanna plódaithe déanach san oíche ar chuardach in aisce ar leannán atá tar éis é a ligint síos arís. Go hifreann léi. Fillfidh sé ar a lóistín.

Amach leis go cráite go dtí an tsráid. Tá prótacal na dtacsaithe ar eolas go maith aige faoin am seo agus laistigh de leathuair an chloig tá an tacsaí á fhágáil ag an óstán Blossom Hill. Aon seans, ar ábharaí an tsaoil, go mbeadh Denise tar éis filleadh idir an dá linn agus í bheith sa seomra ag feitheamh air?

Níl. Ta gach rud mar a bhí nuair a d'fhág sé an seomra céanna an tráthnóna roimhe. Níl tásc ná tuairisc ar Denise. Fiafraíonn Murchadh ag an deasc fáiltithe an raibh aon duine i dteagmháil leis an óstán agus á lorg. Ní raibh.

Tá sé ag druidim i dtreo 4.30 ar maidin. Titeann codladh míshocair air chomh luath agus a bhuaileann a cheann an piliúr ar an leaba.

24

Dé Domhnaigh 21 Meán Fómhair

Nuair a osclaíonn sé a shúile arís tugann sé faoi deara go bhfuil na chinos ciallmhara agus an léine deascnaitheach fós á gcaitheamh aige. Agus boladh éadrom deataigh uathu. Cinnte, d'fhéadfadh an tSín iarracht níos fearr a dhéanamh an cosc ar chaitheamh tobac go poiblí a chur i bhfeidhm. Féachann sé ar a uaireadóir agus feiceann nach bhfuil sé ach a hocht a chlog. Agus tugann faoi deara, le preabadh dá chroí, go bhfuil sé ina aonar. Níor fhill sí.

Sciobann sé an guthán, ach níl faic air.

I gceann 24 uair an chloig beidh orthu bheith ag bailiú a rudaí le chéile chun dul go dtí an t-aerfort. Ach ní féidir leis bheith ag filleadh ar Bhaile Átha Cliath ina aonar.

Ceist idirnáisiúnta atá ann anois. Tá air fios a chur ar na póilíní. Níl am aige le bheith tuirseach. Tá air éirí. Isteach leis sa chithfholcadh. Agus an seampú agus feabhsaitheoir á gcuimilt aige isteach ina chuid gruaige tagann athrú meoin air maidir le fios a chur ar na póilíní. Níl air ach smaoineamh ar a thaithí féin agus é ina abhcóide sna cúirteanna coiriúla, agus cuirtear i gcuimhne dó gur dream compléascach iad na póilíní, pé tír ina bhfuil siad. Ar mhaith leis bheith ag déaláil leis na póilíní anseo sa tSín? Smaoiníonn sé ar an eachtra leis an stalla uachtar reoite. Cad a dhéanfadh na póilíní dá ndéarfadh sé leo go bhfuil bean Éireannach – a leannán - ar iarraidh? An ngabhfaidís é? An gcoimeádfaidís é sa stáisiún ag líonadh foirmeacha ar feadh an lae?

Amach leis ón gcithfholcadh, d'fhonn é féin a bhearradh. Baineann sé an greimlín dá leiceann agus feiceann sé go bhfuil an chréacht laghdaithe, ach feiceálach go leor go fóill. Bhuel ní féidir leis dul go dtí na póilíní agus a leannán ar iarraidh agus an chréacht sin ar a aghaidh. Agus ritheann sé leis, agus a rásúr ina lámh, gur ceist í seo d'Ambasáid na hÉireann. Tá saoránach Éireannach, aturnae gleoite, ar iarraidh i mBéising.

Agus é bearrtha agus gléasta, tógann sé amach an cárta a thug Gearóid dó, agus aimsíonn uimhir na hAmbasáide. An Domhnach atá ann, ach is cuma. Chomh luath is atá a naoi a chlog ann, cuireann sé glaoch.

'An rannóg éigeandála, le do thoil,' a deir sé leis an mbean a fhreagraíonn.

'Nóiméad amháin,' a deir sí.

Ansin cloiseann Murchadh guth a aithníonn sé.

'Gearóid?' a deir sé.

'Geoff. Ah... Murchadh?'

'Bhuel, ar ábharaí an tsaoil!' a deir Murchadh. 'Tar éis m'iliomad iarrachtaí teacht ort aréir ar do ghuthán póca!'

'Bhí sé i gceist agam glaoch a chur ort,' a deir Gearóid. 'An bhfuil gach rud ceart go leor?'

'Níl gach rud ceart go leor,' arsa Murchadh le práinn. 'Tá Denise ar iarraidh.'

'Ar iarraidh?' a deir Gearóid. 'Cad atá i gceist agat?'

'Níor fhill sí ar an óstán tar éis di bheith amuigh aréir.'

'In ainm Chroim... In ainm Chroim.'

'Nach raibh sí i do theannta?' a fhiafraíonn Murchadh.

'Ar feadh tamaill,' a deir Gearóid. 'Ag an óstán Asia Garden. Bhuaileamar le scata peileadóirí ó Cheatharlach agus chomh fada agus is cuimhin liom d'imigh sí leo.'

Rud a chiallaíonn nach raibh sí le Gearóid. Níl Murchadh cinnte an nuacht maith nó drochnuacht é sin. Agus tá a chroí ag preabadh.

'Peileadóirí ó Cheatharlach?' a fhiafraíonn Murchadh. Peileadóirí. Is cuma cén contae.

'Foireann ban a bhí ann,' a deir Gearóid.
Filleann suaimhneas beag ar Mhurchadh. 'Foireann ban,' a deir sé. 'Ó Cheatharlach. Hmmm.'

'Dream deas,' a deir Gearóid.

'Ach cén fáth nar fhreagair tú mo ghlaoch?' a fhiafraíonn Murchadh.

'Bhuel,' a deir Gearóid. 'Faoin am sin bhíos gafa le... hmm...

comhluadar difriúil.'

'Agus?'

'Bhuel,' a deir Gearóid. 'Tháinig an t-ádh orm. Got lucky, mar a déarfá. I mo shuí ar feadh na hoíche d'fhonn spraoi bheith agam. Ha ha.' Déanann sé gáire beag.

Níl fonn ar Mhurchadh don nathaíocht seo ó Ghearóid.

'Cailín gleoite,' arsa Gearóid. 'Tá sí le hAmbasáid Gána. Táim ag tnúth le hí a fheiscint arís. Tuigfidh tú. Ní raibh mo shúile ar an nguthán póca.'

'An iomarca eolais, a chara. An iomarca eolais,' a deir Murchadh.

Tá ciúnas ar feadh bomaite nó dhó.

'Ach,' a deir Murchadh ansin. 'Tá áthas orm ar do shon. Leannán nua agat.'

Aimsíonn Gearóid an crith i nguth Mhurchaidh. Ach sula bhfuil deis ag Gearóid labhairt, labhraíonn Murchadh arís.

'Chaith mé an oíche á lorg,' a deir sé. 'Clubanna anseo is ansiúd.'

'Go bhfóire Dia ort,' arsa Gearóid go míchompordach.

'Sparkles, Claustrophobia, áiteanna mar sin,' a deir Murchadh.

'In ainm Chroim,' a deir Gearóid. 'Tá Claustrophobia go slachtmhar, nach bhfuil?'

'Nach dóigh leat,' a deir Murchadh go géar, 'gur cuma liom faoi sin? Cá bhfuil Denise? Sin an rud. D'fhéadfadh aon rud bheith tar éis tarlú di!'

'Tá brón orm,' a deir Gearóid. 'An t-aon rud a déarfainn ná go bhfuil eolas agam ar an gcathair seo agus bí cinnte nach é seo an chéad uair gur fhan cuairteoir ar an gcathair amuigh ar feadh na hoíche.'

'Ach níor fhreagair sí a guthán fiú,' arsa Murchadh go cráite.

'Ná bí buartha,' a deir Gearóid. 'Tá seans gur fhan sí le duine de na cailíní. Tabhair go dtí a deich a chlog di. Mura bhfuil aon scéal faoin am sin is féidir leat dul ar ais i dteagmháil liom agus feicfidh mé cad is féidir linn a dhéanamh.'

'Tá go maith,' a deir Murchadh le leisce. 'Slán.'

Luíonn Murchadh ar an leaba nóiméad. Ní féidir leis an milleán a chur ar Ghearóid an uair seo. Sea, tuairim Ghearóid a bhí ann oíche dhéanach a chaitheamh sa chathair. Ach is bean fhásta í Denise, déanann sí a cinntí féin.

Go tobann, léimeann a ghuthán faoi dhó. Téacs. Freagraíonn a chroí le preab dá chuid féin.

'Ar mo shlí chugat a stór. Fan orm. Dxx.'

Tá sé ar tí glaoch a chur uirthi agus a fhiafraí di cá bhfuil sí, ach stopann sé. Féachann sé arís ar an téacs, na focail ag pléascadh amach ón scáileán beag gorm. *Fan orm.* Glacfaidh sé lena hachainí.

Éiríonn sé as an leaba. Nóiméad ó shin bhí sé traochta leis an strus. Anois tá fonn air an ráibeáil céad méadar a dhéanamh.

Stopann sé le teann feirge. Cén fáth nár ghlaoigh sí aréir? Cén fáth nár ghlaoigh sí air anois? Nach dtuigeann sí gur chuir sí stró air? É á cuardach ar feadh na hoíche? Beidh uirthi míniú maith a thabhairt ar an iompar seo. *Fan orm.* Nach bhfuil sé ag fanacht uirthi ar feadh na hoíche agus na maidine cheana féin?

Tugann sé faoi deara go bhfuil sé ag siúl ó thaobh amháin an tseomra go dtí an taobh eile, thall is abhus, ar nós tíogar i ngaiste.

Suíonn sé arís ar an leaba agus féachann ar a ghuthán. *Fan orm.* Nárbh fhéidir léi ar a laghad leithscéal a ghabháil leis?

Fan orm.

Tá ocras air. Tá air bricfeasta bheith aige. Ach tá leisce air an seomra codlata a fhágáil, ar an mbaol go gcaillfidh sé í nuair a fhillfidh sí. Tá air ithe, áfach. Cupán tae a ghlacadh, ar a laghad.

Luíonn sé ar ais ar an leaba.

Ní féidir leis fanacht ag streachailt anseo sa seomra codlata. Tógann sé an guthán arís agus breacann sé síos téacs i bhfreagra.

> *'Buíochas le Dia! Ag tnúth leat. Táim ag dul don bhricfeasta anois. Beidh mé sa bhialann.'*

Alpann sé an béile. Níl sé in ann a bhricfeasta a ithe ar a shuaimhneas. Tá sé go léir thart laistigh de fiche nóiméad. Filleann sé ar an seomra. Luíonn sé arís ar an leaba. An t-am anois ná 9.48

ar maidin.

Agus codladh ag teacht ar ais air, cloiseann sé cnag ar an doras. Léimeann sé den leaba.

Ba cheart a fhios bheith aige, níl ann ach an cailín seomraí. Ag crith le díomá, iarrann sé uirthi filleadh níos déanaí ach gan teacht ar ais roimh mheán lae.

Ar ais ar an leaba leis. 10.15 ar maidin. Dúnann sé a shúile arís.

25

D'fhonn duine a dhúisiú ó chodladh, níl aon rud i gcomparáid le póg fhliuch ar na beola. Osclaíonn Murchadh a shúile agus tá Denise ina seasamh in aice na leapan, meangadh maolchluasach ar a haghaidh.

Ní thagann aon fhocal chuige.

'Bhuel?' a deir Denise. 'Nach bhfuil tú chun mé a phógadh ar ais?'

'Tá éadaí difriúla ort,' a deir Murchadh, é fós ina luí ar an leaba. 'Nach bhfuil?'

Féachann Denise ar a cosa, baineann pioc deanaí dofheicthe as an mblús atá á chaitheamh aici.

'Bhuel,' a deir sí. 'Tá. Bhí mé amuigh aréir agus seo an mhaidin dar gcionn.'

'Tá a fhios sin go maith agam, in ainm Dé,' a deir sé go mífhoighneach. 'Bhí mé thar a bheith buartha i do thaobh.'

'Agus nach bhfuil áthas ort mé a fheiscint?' a deir sí.

'Cinnte. Agus faoiseamh chomh maith.' Suíonn sé suas ar an leaba.

'Anois,' a deir sí go míshuaimhneach, í fós ina seasamh taobh leis an leaba. 'Bhfuil tú chun mé a phógadh?'

Cuimlíonn Murchadh a shúile go mall, féachann ar an tsíleáil, fanann nóiméad, agus ansin féachann sé ar Denise. 'Ar rith sé leat,' a deir sé, 'go raibh mé ag treabhadh na sráideanna agus na clubanna de do lorg?'

'Cad chuige?' a fhiafraíonn sí de gheit.

Go tobann níl freagra aige. Ansin labhraíonn sé.

'Cad chuige, a deir tú? Cad chuige? Mar táimid ar saoire le chéile, is tusa mo leannán, d'imigh tú amach aréir i do aonar, níor fhreagair tú mo ghlaonna gutháin, d'fhan tú amuigh ar feadh na hoíche agus ní raibh tuairim dá laghad agam cad a tharla duit.'

Titeann a cheann ar ais ar an bpiliúr. Ansin baineann sí a bróga di agus suíonn sí in aice leis.

'Tá brón orm,' a deir sí, ag luí síos taobh leis.

'Táimid,' a deir sé, 'le bheith ag filleadh ar Bhaile Átha Cliath amárach. Ní raibh a fhios agam an mbeinn ag filleadh i mo aonar. Rith sé liom fios a chur ar na póilíní. Labhair mé le hAmbasáid na hÉireann.'

'In ainm Chroim,' a deir sí, agus casann sí ina threo.

'D'fhéadfá bheith i do scéal idirnáisiúnta,' a deir sé.

'In ainm Chroim,' a deir sí arís, agus cuireann sí a lámh go ceanúil ar a chlár éadain.

'Buíochas le Dia,' a deir sé go gonta, 'bhí Gearóid in ann nod a thabhairt dom.'

'Tá brón orm go raibh tú faoi strus.'

'Agus, nach mbeifeása? Bhuel, tá súil agam go mbeadh. Dá ndéanfainn an rud céanna? Dá mbeinn amuigh leis na leaids go ham bricfeasta agus gan foláireamh a thabhairt roimh ré?'

'Cheap mé,' a deir sí le hosna, 'cheap mé go raibh tú breá sásta fanacht anseo agus gan dul amach.'

Stopann Murchadh. An bhfuil sé chun a admháil go raibh sé uaigneach ina diaidh laistigh de leathuair an chloig tar éis di imeacht léi aréir? Níl. Ní gá. Ní gá go fóill ar a laghad.

'A stór,' a deir sé. 'Tá a fhios agat nach é sin atá i gceist. Conas a cheap tú gur mhothaigh sé nuair a dhúisigh mé ar maidin agus spás ar an leaba in aice liom? Agus gan oiread is teachtaireacht uait?'

Ní deir Denise faic. Tá méarchosa Mhurchaidh á gcasadh laistigh dá bhróga. Labhraíonn sé arís.

'Níl aon fhonn orm tabhairt amach duit,' a deir sé. 'Ach ba mhaith liom fios bheith agam cá seasaim leat.'

Agus leis na focail seo tosaíonn a chroí ag bualadh go trom. Féachann sí air de gheit.

'A stór, a stór,' a deir sí, ag féachaint isteach ina shúile, 'ná bí ag caint mar sin.'

'Le do thoil,' a deir sé. 'Inis dom cad a tharla.'

'Níl aon rud aisteach,' a deir sí. 'Bhíos san óstán Asia Garden agus chas mé ar chóisir na mbáb.'

Cóisir na mbáb? Nó dream peileadóirí? Ardaíonn Murchadh mala amháin.

'Cóisir na mbáb? An ndéanann Sínigh an sórt rud sin?' a fhiafraíonn sé agus ionadh air.

'Tháinig an dream seo ó Éirinn,' a deir sí. 'Peileadóirí, an gcreidfeá. Ó Cheatharlach.'

Ah, na peileadóirí ó Cheatharlach. Tuirlingíonn suaimhneas, de shaghas, ar ais ar Mhurchadh.

'Nach bhfuil siad i bhfad ó bhaile bheith ar chóisir na mbáb?' ar seisean.

'Dream Síneach-Éireannach atá ann,' a deir sí. 'Cailín Síneach atá ag pósadh.'

'Agus is peileadóir í?'

'Nílim cinnte. B'fhéidir gur cara í le scata de na peileadóirí.'

'Ah,' ar seisean, amhail agus go bhfuil sé sásta leis an bhfreagra, amhail agus go bhfuil réiteach á aimsiú aige, diaidh ar ndiaidh, ar cheist chasta. Ach ní fhéachann sé uirthi. Ba mhaith leis tuilleadh a chloisteáil. Tá a fhios sin aici.

'An pheil a bhí i gcoiteann ag na cailíní,' arsa Denise. 'Ach geallaimse duit, níor pheil a bhí á plé. Bróga agus málaí láimhe a bhí faoi chaibidil.'

'Bheifeá eolasach ar na hábhair sin,' arsa Murchadh le meangadh beag gáire.

'Bhfuil a fhios agat,' arsa Denise, 'an bhrídeog - an cailín atá le pósadh – níor bhuail sí lena fear ach an Nollaig seo caite? An gcreidfeá?'

'B'fhéidir go mbíonn níos mó de dheifir orthu sa tSín,' arsa Murchadh.

'Fear Éireannach atá ann,' a fhreagraíonn Denise go tapa.

'An ea?' arsa Murchadh le hionadh.

Ciúnas. Labhraíonn Murchadh arís. 'Agus an raibh Gearóid sa slua?'

'Dúisigh, a stór,' a deir Denise. 'Cóisir na mbáb a bhí ann. Más cuimhin liom i gceart, bhí Gearóid i dteannta scata taidhleoirí ón Afraic.'

'Ah,' arsa Murchadh. 'Ah .'

'Oíche leis na cailíní a bhí agam, an dtuigeann tú.'

'Cairde nua, mar sin?' a deir Murchadh go héadrom.

'Dream maith atá iontu. Bhí craic againn.'

'Bhfuil cuireadh agat go dtí an bhainis?' a fhiafraíonn sé go spraíúil.

'Ní déarfainn é,' a deir sí. Ansin labhraíonn sí arís, le faobhar ina guth. 'Nach bhfuil a fhios agat nach réitíonn bainiseacha liom?'

Ciúnas arís.

'Agus cé a cheap?' a deir sí. 'Cé a cheap go mbeinn ag cóisir na mbáb agus mé i mBéising?'

'Is dócha,' a deir Murchadh, ag déanamh neamhshuime den rud a deir Denise, 'nár fhan sibh san Asia Garden ar feadh na hoíche?'

'Níor fhan. D'fhágamar timpeall a haon déag.'

'Caithfidh go ndeachaigh sibh níos luaithe. Bhíos ann go dtí timpeall a haon déag agus ní fhaca mé thú.'

Casann Denise go tobann i dtreo Mhurchadh. 'Eh? Bhí tú ag an Asia Garden?' a fhiafraíonn sí.

'Bhí,' a deir Murchadh go beacht.

'Bhí tú ag an bhfáiltiú?'

'Bhí. Ar feadh tamaill.'

'Agus an oíche fós óg?'

Déanann Murchadh osna. 'Agus an oíche fós óg,' a deir sé.

'Bhí athrú intinne ort?' a deir sí go díchreidmheach.

'Bhí mé fiosrach,' a deir sé go cúramach.

'Raibh sé róchiúin duit sa seomra anseo?'

'Bhí mé fiosrach,' a deir sé arís, go gonta an uair seo.

Déanann Denise meangadh gáire.

'An gcreidfeá?' a deir sí. 'Muid beirt amuigh ar an ngealchathair i mBéising ach i gcomhluadar difriúil.'

'An ndeachaigh sibh go club?' a fhiafraíonn sé.

'Chuaigh,' a fhreagraíonn sí, le fonn. 'I measc na mbeáir i Sanlitun. Áit ar a ghlaotar Kittens on Ice.'

'Anam an diabhail,' a deir Murchadh. 'Kittens on Ice!'

'Oiriúnach do chóisir na mbáb, nach dóigh leat?' a deir Denise, de gháire. Cuireann sí a dhá lámh taobh thiar dá ceann agus bogann an piliúr chun a ceann a dhéanamh níos compordaí.

'Craic mhaith?' a fhiafraíonn Murchadh. Fós ní fhéachann sé uirthi.

'Bhí an áit ag léim!'

'Ní hionadh nár chuala tú do ghuthán,' a deir Murchadh go

húdarásach.

'Agus cá ndeachaigh tú?' a fhiafraíonn Denise go fiosrach.

'Go beagnach gach áit eile,' a deir Murchadh. 'Áit a dtugtar Sparkles air. Áit eile ar a dtugtar Claustrophobia air. Planet Boom freisin.'

'Bhabh!' a deir Denise le sprid. 'Bhí tú faoi lán seol. Áiteanna slachtmhara, nach dóigh leat? Ar bhuail tú le haon duine?'

'Gach éinne,' a deir Murchadh go mall, 'seachas an duine a bhí á lorg agam.'

Suíonn sé suas ar an leaba. Féachann sí air.

'Cén fáth nach raibh mé in ann teacht ort ar an nguthán?' a deir sé.

Suíonn sí suas in aice leis. 'Tá tú díograiseach leis na ceisteanna,' a deir sí. 'Mar a dhéanfadh aon abhcóide maith.'

'Bhuel?' a fhiafraíonn sé.

'Tá an locht orm féin, a stór,' a deir sí. 'Agus ní haon rúndiamhar atá i gceist. An fhírinne ná gur éag mo ghuthán. Bhí dearmad déanta agam ar é a luchtú. Ní raibh tuairim agam cén t-am sa ló a bhí againn. Agus, faraor, bhí an iomarca ólta agam. An mhaidin a bhí ann faoin am ar fhágamar an club. Mhol duine de na cailíní dom cúpla uair de chodladh a fháil ina lóistín agus thug sí athrú éadaí dom. Bhí mé in ann mo ghuthán a luchtú chomh maith. Chomh luath is gur dhúisigh mé tháinig mé ar ais anseo chugat. Agus tá áthas orm bheith ar ais anseo leatsa. Agus, i slí, tá áthas orm go raibh oíche amuigh agatsa chomh maith.'

'Gabh mo leithscéal?'

'Smaoinigh air, a stór,' a deir sí.

Ciúnas.

'Agus,' a deir sí ansin. 'Tá brón orm as buairt a chur ort.'

Tá brón orm. Ráiteas mór atá ann. Mura raibh maithiúnas tugtha aici dó as a iompar maidin inné ní bheadh sí in ann bheith chomh croíbhrúite anois. Smaoiníonn Murchadh ar an nath cáiliúil ón scannán úd *Love Story. 'Love means never having to say you're sorry'.* I ndáiríre níl a fhios aige an aontaíonn sé leis an bhfealsúnacht sin. Agus díreach anois níl an cumas aige an dearbhú seo a thabhairt do Denise. Tá an ócáid seo róthrom. Ní dhéanann sé ach osna.

'Is dócha,' a deir Denise. 'Nach bhfuilim ullamh an tSín a smachtú go fóill.'

Tugann sí póg dó ar a leiceann. Agus póg bhog eile ar an áit ina bhfuil an chréacht.

'Bhí am deacair agat,' a deir sí go cneasta.
Ciúnas arís.

'Bhuel,' a deir Murchadh, ag tógaint a dhá lámh. 'Táimid inár bhfoireann arís. Agus tá áthas orm faoi sin. Agus m'uaireadóir agam, ní bheidh gá duit bheith ag brath ar an smartfón úd nuair a bheimid amuigh le chéile ar oíche i gclubanna Átha Cliath.'

'Bhfuil tú dáiríre?' a deir Denise le háthas. 'Oíche i gclubanna Átha Cliath?'

'Táim i gcónaí dáiríre, nach bhfuil a fhios agat,' a deir sé, ag seasamh suas ón leaba. Agus go tobann, tá fonn rince air. Aon sort rince. Hip hop. Salsa. Riverdance. Falla Luimní. Aon rud. Mothaíonn sé amhail agus go bhfuil sé ullamh éide dorcha a chur air agus seasamh isteach sna bróga is éadroma agus léimt agus tabhairt faoin rince ba huaillmhianaí dá ndearnadh riamh.
Ciúnas.

'Anois,' a deir sé. 'Tá sé in am dúinn…'

Féachann Denise go ceisteach ar Mhurchadh, ansin féachann sí timpeall ar an seomra, na héadaí scapaithe go míshlachtmhar.

'Beimid ag eitilt amárach,' a deir Murchadh. 'Tá rudaí le cur in ord againn.'

'Beidh mo mhála pacáilte laistigh de trí huaire an chloig, geallaimse duit,' a deir Denise. 'Ach ar dtús tá orm greim bhricfeasta a ghlacadh.'

'Tá am bricfeasta thart,' a deir Murchadh. 'Beidh ort lón a bheith agat.'

'Bhuel,' a deir Denise. 'Pé rud.'

'Tiocfaidh mé leat,' a deir Murchadh.

'Ah, ní gá a stór,' a deir Denise.

'Tiocfaidh. Ní maith liom tú a ligint as mo radharc!'

Féachann sí air. Tá meangadh gáire ar a aghaidh.

'Riamh arís!' a deir sé ansin.

Féachann sí air arís, ach ní deir sí faic.

Síos leo le chéile.

Tá an bhialann nach mór folamh. Iarrann freastalaí orthu fanacht cúig nóiméad déag go dtí go dtosnaítear lón a chur ar fáil. Glacann Denise leis seo gan ghearán. Ní thógann sí amach nóta fiche dollar agus ní dhéanann sí éileamh ar bhricfeasta. Suíonn siad le chéile, a ceann ar a ghualainn, a súile ag dúnadh.

'Táim traochta,' a deir sí.

'Beidh tú in ann ithe ar ball,' ar seisean.

'Táim traochta.'

Dúisíonn sé í nuair a thagann an freastalaí chun a hordú a ghlacadh. Roghnaíonn sí ceapaire *croque madame* agus cupán caife.

'Is dócha gurb é an rud is cóngaraí do bhricfeasta atá acu ag am seo den lá,' a deir sí. 'Mbeidh aon rud agat?'

'Táim go breá,' a deir sé. 'Fanfaidh mé.'

Tagann an *croque madame* agus an caife go tapaidh agus tógann sí iad le fonn. Suíonn Murchadh ansin gan caint agus ligeann sé di ithe. Ansin, leathshlí tríd, stopann sí.

'In ainm Chroim,' a deir sí. 'Ordaigh rud éigin, agus ná bí ag féachaint orm amhail agus go bhfuilim i mo ainmhí sa zú!'

'Táim thar a bheith sásta féachaint ort,' a deir Murchadh.

'Ach tá go maith,' a deir sé ansin. 'Pé rud gur mhaith leat, déanfaidh mé é.' Ordaíonn sé cupán tae agus ceapaire tuna.

Agus suíonn siad ansin le chéile gan focal. Níl le cloisteáil ag Murchadh ach a chroí ag pocléimneach.

'Ceart go leor,' a deir Denise tar éis tamaill. 'Tá mo sháth agam.'

Filleann siad le chéile ar an seomra codlata.

*

'Anois,' a deir Murchadh, agus an doras dúnta acu. 'Tá sé in am dúinn clabhsúr a chur ar an gcaibidil seo.'

Féachann sí air.

Cromann sé i dtreo an urláir, amhail agus go bhfuil air iallacha a cheangailt ar a bhróga. Ach buaileann glún amháin an t-urlár. Leanann sé leis an nglún eile. Síneann sé amach agus tógann dhá láimh Denise ina lámha féin.

'Ceist agam ort,' a deir sé léi.

Tá ciúnas ar feadh bomaite, dhá chroí ag preabadh. Bailíonn sí í féin le chéile.

'Ceist agat orm. Bhuel ní rud nua é sin an mhaidin seo.'

'Ceist agam ort,' a deir sé arís.

Déanann sí a ceann a sméideadh.

'An bpósfaidh tú mé?' a deir sé.

Déanann sí gáire beag.

'Ah anois,' a deir sí. 'Ah anois.'

Ní deir sé aon rud.

'Bhfuil tú dáiríre?' a deir sí.

'Táim i gcónaí dáiríre,' a deir sé. 'Mar is eol duit.'

Ciúnas arís. Tost iomlán, ach a ceann á sméideadh le fonn.

Ansin tá sí ina bhaclainn aige.

Tar éis nóiméid, ardaíonn sí a ceann agus féachann sí isteach ina aghaidh.

'Conas?' a deir sí. 'Conas a raibh a fhios agat go dtabharfainn an freagra ceart?'

Ní athróidh sí riamh. Choíche.

'Nach bhfuil a fhios agat,' a deir sé, 'nach gcuireann aon abhcóide ceist nach bhfuil freagra na ceiste ar eolas aige cheana féin?'

GLUAIS - *GLOSSARY*

TÉARMAÍ DLÍ AGUS POLAITÍOCHTA - *LEGAL AND POLITICAL TERMS*

abhcóide sinsearach - *senior counsel*
abhcóide sóisearach - *junior counsel*
an tAcht um Chaomhnú Áras an Teaghlaigh - *the Family Home Protection Act*
an tAire - *the Minister*
Aire Stát Mheiriceá - *the U.S. Secretary of State*
an tArd Aighne - *the Attorney General*
ar chothromaíocht na dóchúlachta - *on the balance of probabilities*
aturnae teagaisc - *instructing solicitor*
comhpháirtí - *counterpart*
conradh dlithiúil - *legal contract*
crios inmheánach - *inner circle*
cuir ar atráth - *adjourn*
cumasc - *merger*
diancheistiú - *interrogation*
eischeadúnas - *off licence*
finné - *witness*
idirbheart - *transaction*
idirbheartaíocht - *negotiation*
imscrúdú - *investigation*
lá céiliúrtha - *day of celebration*
mionscríbhinn - *affidavit*
párpháipéar - *vellum paper*
peiriúic - *wig, periwig (don dlí)*
Phríomh-Aire na Síne - *the Chinese Premier*
saincheird - *speciality, special craft*
an tsaoire Cincíse - *the Whit holiday*
an tsaoire fhada - *the long vacation*

suíonna na Cásca - *Easter sittings*
taidhleoir - *diplomat*
tástáil randamach anála - *random breath testing*
thóg mé an síoda - *I took silk (I became a senior counsel)*
toscaireacht - *delegation*

TÉARMAÍ AGUS FRÁSAÍ EILE - *OTHER TERMS AND PHRASES*

andúchasach - *exotic*
ar a ghogaide - *on his hunkers*
ar saoire an mhála droma - *backpacking*
ateangaire - i*nterpreter*
athbheochta - *renewed*
barróg - *hug*
béarlagair - *jargon*
bolscaireacht - *propaganda*
bomaite - *minute*
bosa arda - *high five*
bróga bonnarda - *platform shoes*
canna spréite - *watering can*
ceap magaidh - *laughing-stock, butt of a joke*
cearrbhachas - *gambling*
clamprach - *quarrelsome*
go cleithmhagúil - *teasingly*
coirceog - *hive*
cóisir na mbáb - *hen party*
comhdhlúthú - *condensation*
corraíl - *movement, stirring*
crann cufróige - *cypress tree*
croíbhrúite - *contrite*
dallamullóg a chur ar - *to hoodwink*

de ruathar - *hastily, quickly*
de shearradh a ghuaillí - *with a shrug of his shoulders*
dúchas nua ag imirt tionchar ort - *going native (influenced by another culture)*
dúradán - *domino*
easaoránaigh - *expatriates*
eisiach - *exclusive*
faoi ghlas eiteoigeach - *being frog-marched*
feachtasóireacht - *running for election*
fealsúnachtaí - *philosophies*
feidhmeannaigh slándála - *security official (person)*
foghraíocht - *pronunciation*
gairéadach - *gaudy, ostentatious*
gairgeach - *brusque, coarse, rough*
gialla - *jaws*
giodal - *swagger*
gloiniú dúbailte - *double glazing*
greimlín - *sticking-plaster*
guagach - *unsteady*
ina bhaclainn - *in his arms*
lann - *blade*
luamháin agus ulóga - *lever and pulley*
maireachtaint ar do chaolchuid - *getting by on very little*
mangaire - *dealer, hawker*
maolchluasach - *sheepish*
maothú - *saturation*
mionstríocach - *pinstripe*
na cianta cairbreacha ó shin - *in the distant past*
neamhdhaingne - *insecure*
pocléimneach - *(act of) buck-jumping, frolicking*
ráibeáil céad méadar - *one-hundred metre sprint*
ríogach - *royal*

rollchóstóir - *rollercoaster*
rúidbhealach - *runway*
saill - *fat (constituent of food)*
sáimhín só - *tranquil, relaxed mood*
scig-gháire - *giggling, mocking with laughter*
searbhasach - *sarcastic*
smaragaid - *emerald*
sméideadh - *bow (chiefly of head)*
snagcheol - *jazz*
soineantacht - *innocence, naivety*
sotalach - *cheeky*
spaisteoireacht - *wandering, meandering*
spíonta - *exhausted*
srannadh - *snore*
stracfhéachaint - *cursory glance*
stuacánach - *sulky, stubborn*
suntasach - *remarkable*
svuít - *suite (hotel room)*
tá muc ar gach mala - *to frown or have a dark expression*
taighde - *research*
tairiscint - *offer*
tairngreacht - *prophecy*
tamhnéal - *trance*
téana ort - *come along!*
tiachóg - *wallet*
todóg - *cigar*
tolg - *sofa, couch*
trádstóras - *warehouse*
tréchleas - *hat-trick*
triomach - *drought*
túis - *incense*
tuisligh - *stumble, falter*